파주가 아니었다면
하지 못했을 말들

02

✤

**방방
곡곡**
파주

파주가 아니었다면
하지 못했을 말들

김상혁·김잔디

차례

일러두기

이 책은 김상혁과 김잔디 두 저자가 '파주'라는 한 지역에 함께 살며 사랑하며 각자 써내려간 기록을 한데 모은 것이다. 애초에 그 쓰기에 있어 기획하지 말 것이며, 그 내용에 있어 계획하지 말자고 콘셉트를 잡았던 건 부부인 두 사람을 통해 '사람'은 자유로워야 하며, '살이'는 자연스러워야 한다는 '참삶'의 하루하루를 책으로 실현해보고자 하는 욕심이 앞서기도 해서였다. 함께 살아간다는 건 용케도 한 방향으로 걸어보는 일이 아니겠는가. "파주의 길 이름이 아름다워 도로명을 중심으로" 두 사람의 원고를 분류하였고, 두 사람의 글을 구분하고자 두 사람의 색(김상혁 pantone 2707U, 김잔디 pantone 7401U)을 각기 지정하였다. 참고로 본문에서 총 서른 번 만나게 되는 속표지의 색은 이 두 사람의 색을 하나로 합했을 적의 일이다.

프롤로그

다행인 건 우리가 파주에 산다는 것이다

　우리집 사십이 개월 아기는 종종 이런 인사를 건넨다. 안녕? 나는 김문채야. 나는 지구에서 왔어. 지구에서 건네는 지구인의 안부에 길을 가던 많은 지구인이 안녕? 하고 웃어주었다. 문채는 거절을 두려워하지 않는 용감한 아이인데, 여러 차례 건네는 인사를 끝내 외면하는 사람들에 대해서는 이렇게 말한다. 저 지구인이 나를 놀렸어, 나를 싫어하나봐. 이 아이에게 인사는 관계 맺기의 시작이자 끝이다. 설령 상대가 인사를 받지 않더라도, 인사를 건네는 순간 아이는 그의 친구가 되는 것이다. 친구가 나를 놀렸어, 친구가 나를 싫어하나봐. 아이의 이해는 이런 식이다.

　김잔디와 김상혁 역시 지구에 살고 있다. 좀 특별한 곳에서 인사를 건넬 수 있었다면 좋았을 텐데. 그나마

다행인 건 우리가 파주에 산다는 것이다. 너른 길과 낮은 건물들이 마음의 온도를 높여준다는 걸 우리는 안다. 다른 곳보다 차게 부는 바람과 늦게 피는 꽃, 더 높거나 깊어 보이는 눈송이들이 종종 너무 가벼워지려는 생각들을 지그시 눌러준다는 것도. 어느 겨울 자유로를 달리는 동안, 갈라진 얼음덩이 위에서 진흙처럼 녹아가는 눈의 두께를 바라보며 이곳이 지구의 전부 같다고 여기기도 했다. 강아지 살구를 위해 이사 온 여기에서 우리는 새로운 세계를 살게 되었다. 파주가 아니었다면 하지 못했을 말들. 그런 것을 인사말 삼으면 더 많은 지구인과 친구가 될 수 있지 않을까..

아이가 태어나는 기념으로 책을 내자고 합정 얼땡앤키친에서 민정 선생님을 만난 게 벌써 팔 년 전이다. '걸어본다 파주'를 부부가 함께 쓰게 되었다는 기쁨이 컸다. 파주의 길 이름들이 아름다워 도로명을 중심으로 글을 쓰기 시작했는데, 아이가 태어나기 전에 썼던 에피소드는 아이를 담게 된 우리의 책에 어울리지 않아 지운 게 많다. 이후 유희경 시인의 제안으로 2021년 위트앤시니컬 블로그에 연재를 하면서 겨우 원고가 모이기 시작했다. 풍뎅이길을 우리 동네로 부르는 게 어색하지 않을 만큼 살았고 아이와 함께하는 삶에도 익숙해졌을 때다. 민정 선생님이 건넨 바통을 상혁과 내가 자꾸만 떨어뜨리자 유희경 시인이 보다못해 트랙 안으로 뛰어들었고 그게 두번째 기회가 된 것이다. 연재 원고로도 분량이 부족해 2023년 이사 후 우리가 합쳐 열댓 편의 글을 더했다.

시간이 흘렀지만 문채는 누구에게나 인사를 잘하고 우리는 파주에 산다. 기쁜 인사를 모아둔 이 책이 당신을 어느 앞날, 파주로 뛰어오게 하면 좋겠다.

김잔디

사슴벌레로

짧은 눈물 자국이 있는 중형견 빽구

풍뎅이길에 떠돌이 개 한 마리가 나타났다. 두어 달 되었다. 시어머니는 이 아이에게 백구라는 이름을 지어주었는데, 백구라고도 부르고 덕구라고도 부르신다. 나는 백구라고도 부르지만 주로 빽구라고 부른다. 빽구는 하루 세 번 집 앞 정연묘 언덕에 앉아 우리를 기다린다. 삶은 닭가슴살과 깨끗한 물을 기다린다.

살구와 산책에 나서면 이 녀석은 적당한 거리를 두고 따라붙는다. 혼자 길을 헤매는 녀석을 자주 봐서 안다. 빽구는 살구와의 산책을 좋아한다. 내가 잠깐 다른 데 정신이 팔렸다 싶으면 얼른 가까이 다가와 살구 냄새를 맡는다. 지나가던 개가 살구를 보고 컹컹대면 살구와 내 앞을 가로막고 대신 짖어준다. 우리를 보호하려는 듯이!

우리와 함께 걷다가 사슴벌레로 사거리 길을 혼자 건너 카페 뒤쪽으로 총총 사라진 빽구인데, 통일초등학교를 지나 들판을 지나 집에 들어가려고 보니 정연묘 뒤에서 튀어나온다. 신출귀몰 빽구. 빽구에게 돌을 던지는 사람도 있다지만 이 녀석을 설득해 같이 살아보고자 노력하는 이웃이 더 많다. 우리에게 마음을 연다면? 아마도 우리집 마당에 드나들며 밥을 먹고 사는 고양이들에게 눈치볼 일 하나가 늘어날 것이다. 하지만 걱정할 건 아니다. 빽구가 고양이의 하악질에 뒤로 주춤 물러서서 닭가슴살을 빼앗기고 마는 장면을 여러번 보았기 때문이다.

비가 많이 온다. 곧 더워질 것 같은데 빽구가 누구에게 잡혀가진 않을지, 사슴벌레로로 풍뎅이길로 오가다 차에 치이진 않을지, 대형견이 많은 동네에서 혹 다른 개의 화를 사진 않을지 걱정이다. 지금은 어느 처마밑에 가 있을까.

빽구는 젊은 남자를 보면 깜짝 놀라 얼굴을 확인한다. 삼십대 남자와 함께 살았던 걸까? 그냥 사람이 무서운 건지, 아니면 이 똑똑한 개가 주인을 찾느라 곁을 주지 않는 건지 알기 어렵다. 빽구는 어디서 왔을까? 짧은 눈물 자국이 있는 중형견 빽구.

아이가 곤충도감을 좋아하는 덕에 나는 최근에야 장수풍뎅이와 사슴벌레를 정확히 구분할 줄 알게 되었다. 사슴벌레는 뿔이 두 개, 수컷의 뿔은 길다. 뿔이 사슴을 닮았으니 사슴벌레라 이름 붙였을 텐데 나는 왜 그걸 장수풍뎅이와 구별할 수 없다고 생각했는지 모르겠다. 빽구를 찾는 글이 올라올까 싶어 자주 휴대전화를 열어 포인핸드°를 들여다본다. 눈물 자국이 있는 아이보리빛 중형견은 너무나 많다.

주인을 잃은 동물의 가슴에 뿔이 돋는다면 두 개였으면 한다. 사슴벌레의 뿔처럼 용맹하게 솟아난 두 개의 뿔이 인연의 끈을 싹둑 잘라낼 용기를 주었으면 한다. 그럴 수 있다면 빽구가 우리랑 살기로 작정할는지도 모르니까.

● 유기 동물의 입양 정보 및 실종된 동물에 대한 검색 서비스를 제공하는 앱.

성당에 사는 신이 교회에 사는 신과
다른 것도 아닌데 말이지
참회와 속죄의 성당

오다가다 자주 올려다보면서도 선뜻 들어갈 엄두를 못 냈던 이유는 기와로 올린 지붕 때문이었다. 기와집은 아무래도 문화재 같은 느낌이 있다. 입장료를 내거나 정문에서 누군가 방문 목적을 물을지도 모른다고 생각했다. 용기를 내어 처음 성당에 들어서고 나서도 이곳 관계자가 불쑥 말을 걸거나 옷차림을 문제삼을까 내내 마음을 졸였다. 서른까지는 벽에 십자가만 걸려 있다면 그곳이 어디든 마음이 편안했다. 십자가가 크고 멋지면 그걸 보면서 기도를 올리기도 했고 그러다 조금 울기도 했다. 서른까지는 일요일에 교회 빠지는 걸 상상도 못했다. 곧 지옥행은 아니더라도 얼마 안 가서 주일을 못 지킨 대가를 혹독히 치르리라 믿었다. 게다가 가족 중 운전면허를 가진 사람이 나 혼자였다. 나이 서른이 넘자 교회 안 갈 용기까진 생겼는데, 할머니와 어머니더러 무릎이 좀 아파도 버스 타고 교회 다니시라고 말할 만큼 내 마음이 사납진 못했다.

　그리도 완고하던 할아버지를 교회로 이끈 것은 두려움이었을 것이다. 주일에 교회 한번 가자는 할머니의 끈질긴 닦달에도 할아버지는 침묵하는 와불처럼 티브이 앞을 지키며 해태타이거즈 경기에서 눈을 떼지 않았다. 그러던 당신이 일흔다섯을 넘기자마자 가족들을 따라 은근슬쩍 교회를 오갔다. 할머니는 기분이 어땠을까? 어머니를 통해 들은 할아버지의 젊을 적 패악질은 글로 옮기기에도 끔찍할 정도니까. 죽는 날까지 각방을 썼던 두 분은 수시로 말다툼을 했고 그건 우리가 흔히 떠올리는 사랑싸움이 아니었다. 섞이는 욕설도 날아다니는 물건도 그때그때 달랐지만 싸움은 항시 할아버지가 방문을 있는 힘껏 쳐닫고 당신 방에 틀어박히는 것으로 끝났다. 정말 할머니는 기분이 어땠을까? 자기 가족도 교회 못 데려오는 교인이 무슨 교인이냐는 목사 말에 할아버지를 교회에 데리고 오긴 왔는데 그래서 할머니 자신의 전도로 할아버지가 정말로 구원을 받아버렸다면? 싸움이 격해지는 끝에 너 같은 게 무슨 교회냐며 지옥에나 떨어지라 외치던 할머니의 노기 어린 목소리가 귓가에 지금도 생생하다.

할아버지가 폐암으로 돌아간 뒤에 할머니는 두세
해를 더 살았다. 예전엔 십자가를 보면 기도를 하고 싶
었는데 이제는 죽은 할아버지, 할머니부터 떠오른다.
이제 와 새삼 애틋하다는 말이 아니다. 두 분이 나를
키운 게 맞고 나도 그걸 고맙게 여긴다. 하지만 그것뿐
이다. 나는 두 분이 돌아가기 오래전부터 감정이 말라
있었다. 같이 살았으니 더 슬프겠다는 친척들 얘기가
부담스러울 만큼 나는 슬프지 않았으며, 그리 슬프지
않다는 데 죄책감도 없었다. 두 번의 장례는 길고 지루
해서 나중에는 그 모든 과정이 시간 낭비로 느껴졌다.
그저 습관화된 연상으로, 십자가를 떠올리면 할아버지
와 할머니가 교회의 긴 나무의자에 서로 멀찍이 떨어
져 앉은 채 예배 순서에 따라 일어섰다 앉기를 반복하
던 뒷모습이 눈에 선할 뿐이다.

'참회와 속죄의 성당' 같은 문학적인 이름을 누가 지
었을까 궁금해하며 본당에 들어섰다. 한낮이었는데도
꽤나 어둑해 신비로운 분위기였다. 벽을 따라 설치된
스테인드글라스마다 성경에서 읽은 장면들이 담겼고,

기대했던 대로 성가대석은 높은 곳 독립된 자리에 따로 마련되어 있었다. 무엇보다 조용했다. 기도하는 사람이 대여섯 명은 있는데도 목청 다듬느라 기침하기도 조심스러울 만큼. 그래서 어색한 곳이기도 했다. 내부 어디까지 발길이 닿아도 괜찮을지 종잡을 수가 없었다. 앞쪽 강대상까지는 가보지도 못하고 뒤편 스테인드글라스 창문 근처만 서성였다. 유리 그림 속에서 루비색 강보에 싸인 조그만 아기 예수가 마리아의 품에 안겨 웃고 있었다. 전도 같은 걸 하겠답시고 아끼는 친구를 데리고 교회에 한번 같이 나간 적이 있다. 여기 이상해. 예배중 친구가 속삭인 말이었다. 다른 교회도 나가봤지만 신도들이 헌금 봉투를 머리 위로 들고 흔들며 아멘을 외치는 장면도, 목사가 오늘은 누구 병이 나았다며 소리치는 장면도 처음이라고 했다. 거기에 더해 기도할 때 왜 그리 일어나 울면서 손뼉 치고 소리를 지르냐며 나에게 묻는데 할말이 없었다. 하지만 그때 알았다. 교회를 이상하다고 말해도 되는 거구나.

오래전부터 성당에 다니고 싶었다. 시끄러운 게 싫어서 음악도 즐기지 않는 나인데 교회를 잘도 삼십 년이나 다녔구나 싶다. 나는 할머니가 왜 그리도 미웠을까? 타고난 목청이 큰 편은 아니었는데 할머니는 말할 때 유독 소리를 지르곤 했다. 나이들면서 화는 더 쌓이지, 귀는 점점 안 들리지, 목소리는 커질 수밖에 없었을 것이다. 대입 공부할 때도 안 샀던 스펀지 귀마개를 제대하자마자 구입했다. 반면 할아버지는 원체 울림통이 컸다. 마음먹고 화를 내기 시작하면 아파트 전체가 쩌렁쩌렁 울렸다. 다행히도 조용할 땐 무척 조용했기에 책이나 신문을 읽거나 티브이에 빠져 있으면 사람이 있는 듯 없는 듯했다. 그래서 그나마 견디는 게 어렵지 않았다. 할아버지가 덜 미웠던 이유는 그것뿐이었을까?

할아버지를 떠올리면 그가 해준 이야기 하나가 계속 머릿속을 맴돈다. 딱 한 번 들었던 이야기, 그후로 다시는 듣지 못했으며 나도 한번 더 들어볼 마음까진 들지 않았던 이야기다. 할아버지가 열 살쯤 되었을 때 엄청나게 커다란 보름달이 뜬 어느 여름날이었다고 한다. 할아버지가 당신의 어린 어머니의 손을 잡고 개울가로 밤 산책을 나갔다가, 조용히 흐르는 개울물이 너무 시원해 보여서 손을 담그고 세수를 했다고 한다. 그때 어머니가 웃는 얼굴로 어린 할아버지를 내려다보면서 말했단다. 밤에 개울물로 얼굴 씻으면 나중에 못난 이랑 결혼한다? 세수하다 말고 할아버지가 고개를 번쩍 치켜든 뒤, 엄마! 엄마도 개울물 세수해서 아부지랑 결혼했나? 하고 웃었다는 싱거운 이야기. 개울물과 못난 반려자 사이 무슨 인과가 있는지 할아버지조차 전혀 알 길은 없는데, 하여튼 그날 보름달 밑에 서 있던 어머니의 얼굴이 눈에 선하다 했다. 수면에 닿도록 달이 커다랬다던 그날의 장면이 내 머릿속에서도 좀처럼 떠나질 않는다.

성당을 나오면서 왜 할아버지가 교회 말고 이곳 성당을 다녔다면 참 좋았을 거란 생각을 했을까. 나는 이제 신을 믿지도 않는데. 어차피 성당에 사는 신이 교회에 사는 신과 다른 것도 아닌데 말이지.

나는 유적을 거닐 듯 유아숲을 걷는다

탄현 유아숲체험원

딱히 체험할 무엇이 있는 것도 아니고 고지대에 위치한 황량한 공원일 뿐이다. 숲 입구로 이어지는 길이 제법 으슥해서 해 떨어지는 시간에 혼자 걸으라면 나는 못하지 싶다. 그런데 처음 거기를 왜 갔을까? 그때 우리는 애가 있는 것도 아니고 낳을 계획도 없었는데. 나중에 잔디한테 물어보니 유아숲 옆에 으리으리한 카페가 생겨서 갔다고 한다. 카페 옆으로 난 길을 몇 분 정도 걸어오르면 숲이라고 부르기도 민망한 그곳이 나온다. 초입에는 관리자용 오두막집(평일 낮이라서인지 관리자와 마주친 적은 없다)과 몇 개의 벤치가 있다. 숲으로 들어서면 밧줄로 엮어서 만든 유아용 놀이기구 한두 개, 원형 나무 탁자와 나무 밑동으로 만든 의자들이 보이고, 아이들 밟아보라고 잘게 쪼갠 나뭇조각을 깔아둔 곳도 있다. 넓지도 좁지도 않은 공간 여기저기에 무언가 조금씩은 있는데 막상 무엇이라 할 것이 참 없다.

　어른이 즐길 만한 건 그나마 전망이다. 전망이라고 해봐야 시야가 아찔하게 트여 있거나 강이 보이거나 하는 것은 또 아니다. 애초 그만큼 높은 곳도 아니라서 보이는 거라곤 모텔 꼭대기와 더 높은 산들의 중턱뿐이다. 한마디로 어정쩡한 높이에 위치한 이도 저도 아닌 공간이다. 하지만 그런 공간이라서 묘하게 조용하고 쓸쓸하다. 자동차 달리는 소리, 사람들 떠드는 소리, 바람 소리가 하나같이 웅웅거리며 멀리서 들려온다. 가까이에서 들리는 소리는 없다. 누군가의 열성적인 기획으로 조성되었으나 방문객이 적어 이내 버려졌을 유아숲체험원은 꼭 일부러 만든 폐허 같다. 오래된 폐허가 아니라 새로 지은 폐허. 무너지기 전 재빨리 버려진, 깨끗하게 적막한 유적지 같은 곳.

　아침에 깨서 고양이 화장실 치우고, 보리차와 커피 준비하고, 아이를 어린이집에 보내고, 나도 밥 먹고, 환기하면서 청소기 돌리고, 마감일에 머리 뜨거웠다가 고료에 마음 차가워지는 의욕의 기복 속에서 글을 쓰고 하는 일상은 지난 몇 년 치에 해당하는 나의 삶을 요약하고 있다. 이처럼 하루의 장면들이 비슷해질수록 시간을 대하는 집중력은 산만해진다. 그럴 때 생에 대한 실감을 복구하려는 시도가 꼭 거창할 필요는 없다. 나는 유적을 거닐 듯 유아숲을 걷는다. 유적지는 인간의 눈앞에 몇백 몇천 년의 시간을 뭉텅이로 펼쳐놓고 시간의 힘을 과시하는 중이다.

삼십 년 전에 내가 놀던 놀이터에서 뚝 떼어온 것만 같은 철제 울타리를 보았을 때, 이십 년 전 군복무중 어느 산중턱에서 삽질하다가 올려다봤던 구름과 똑같은 모양을 다시 보았을 때, 당연히 그럴 리 없는데, 사십 년 전의 여름날 무심히 들었던 새소리와 너무나도 꼭 닮은 소리를 방금 들은 것만 같을 때, 그런 식으로 지난 몇십 년을 뛰어넘어 지금 이곳에 도착한 어떤 형상과 소리가 나를 덮쳐오는 순간이 있다. 시간이 뚝 떼어간 내 싱싱한 시절이 시간의 주머니 밖으로 비쭉 꼬리를 내미는 순간, 기가 막혀 입을 다물 수밖에 없는, 동시에 주변 모든 것에 침묵을 강요하고 싶은 순간이다.

나의 은사인 문혜원 선생님이 이런 말을 해준 적 있다. 아이를 키우다보면 내 인생을 반복하는 느낌이 들기도 한다고. 아이가 학교 다니며 겪는 고민, 아이가 맞닥뜨리는 감정을 지켜보면서, 나도 저게 정말 힘들었지, 저때는 나도 저게 참 좋았지 하며 자기 유년의 장면들을 다시 밟아보게 된다고 말이다. 아이가 다니는 어린이집 사진을 받아보니 가끔 이곳으로 소풍을 오는 모양이다. 이제는 걷다가 노란 옷 입은 아이들을 만나면 자리를 피해주는 게 좋겠다. 우선은 대낮 유아숲에 나타난 할일 없어 보이는 남자에 대해 선생님이 뭐라 설명하기가 곤란할 테고, 아이들이 재밌게 잘 노는 장소에 굳이 찾아와 황량하니 적막하니 하는 감상에 빠져 있는 어른의 꼴이 좋아 보이지도 않으니까. 앞으로는 아이와 함께 오고 싶다. 이곳이 아이에게 폐허가 아니라면 나에게도 폐허일 리 없다.

3

하늘소로

책과 꽃은 많았으면 좋겠다

우리집 뒷마당의 주제는 언제나 정글이었다. 클 수 있다면 크고 죽겠으면 죽어라. 잡초와 애써 심은 꽃모종을 똑같은 마음으로 대해왔다. 그런데 이젠 그러기가 곤란해졌다. 아이가 뒷마당에서 놀기를 좋아할 만큼 커버려서다. 잡초는 날카롭거나 따가워서 스치기만 해도 다치기 쉽다. 게다가 옆집의 새 이웃이 우리집에 면한 마당을 매일매일 정성껏 가꾸기 때문에 폐를 끼칠까 두려워진 것도 사실이다. 고양이 밥그릇으로 썼던 일회용 용기가 바람에 날려가는 건 어쩔 수 없다 해도 우리집 마당의 잡초가 옆집으로 씨를 뿌리는 일은 막고 싶었다.

이사 와 처음으로 정오가 되기 전에, 그러니까 마당일을 하기 딱 좋은 시간에 상혁과 둘이 마당에 쪼그려

앉아 잡초를 뽑았다. 한 시간 만에 드럼통 하나를 가득 채울 만큼 정리할 것이 많았다. 매일 조금씩은 이렇게 일을 해야 하지 않겠느냐고 이야기를 나누었다. 꾸준히 해내야 할 많은 일 가운데 마당의 풀을 제거하는 일이 얼마나 쉽게 우리의 우선순위에서 밀릴지는 이미 알고 있었다.

마당 이야기를 시작한 이유는 찔레나무 때문이다. 우리가 뒷마당을 정글이라 불렀던 것이 관리하지 않았기 때문만은 아니다. 마당엔 풀도 잘 자라지만 꽃도 잘 자라고 상추도 블루베리도 아로니아도 아스파라거스도, 토마토, 고추, 부추, 달래, 곰취, 도라지, 애플민트…… 씨를 심어놓으면 무엇이든 잘 자란다. 그래서 정글만큼 무성하고 정글만큼 신비롭다. 어느 땐 우리가 심지 않은 것도 나타난다. 그 가운데 가장 반가웠던 것이 찔레나무다. 하얀 꽃을 피우는 찔레나무가 담장 한편에서 쑤욱 올라오더니 서너 해가 지난 지금은 제법 그럴싸한 나무로 자리를 잡았다. 따뜻해지면 예쁜 꽃을 피운다.

파주에서 처음 맞는 봄, 파주길교회 앞을 지나다 살

구와 오래 멈춰 서서 꽃구경을 했다. 꽃을 좋아한 적이 없었기 때문에 그러고 서 있는 스스로가 신기하였다. 파주길교회는 아담하고 하얗다. 교회 옆으로 난 오솔길 쪽으로 흰 꽃을 피우는 찔레와 빨간 장미가 한 나무처럼 엉켜 아무렇게나 가지를 뻗고 있었다. 그게 그렇게 예뻐서 나는 처음으로 꽃을 사서 마당에 심었다. 그런데 인터넷으로 주문한 찔레장미는 주먹만한 포트에 담겨 왔다. 여태 키웠지만 키가 무릎까지도 오지 못한다. 장미는 다 키가 큰 줄만 알았다. (하지만 이 장미, 겨울도 씩씩하게 잘 난다.)

파주길교회는 파주로가 아니라 하늘소로에 있다. 하늘소가 어떻게 생겼나 검색을 하였더니 사진 가운데 가장 예쁜 것이 알락하늘소라고 한다. 알락은 본바탕에 다른 빛깔의 점이나 줄이 조금씩 섞여 있는 모양이나 자국을 뜻한다고. 요즘은 정말 가지고 싶은 게 없는데 책과 꽃은 많았으면 좋겠다. 하릴없이 쇼핑센터 돌기를 좋아하던 내가 점점이 다른 무늬를 얻고 있다.

4

정을 주었던 고양이의 죽음을
모르게 되는 게 더 무섭다

날이 추워지면 마음이 무겁다. 밖을 내다볼 때마다 범백 생각이 나서다. 춥고 건조한 날에 기승을 부리는 범백은 길에 사는 고양이들을 죽인다. 극심한 탈수 증세로 고통스러워하는 고양이를 보아도 쉽게 병원으로 데려가지 못한다. 범백은 전염성도 높고 치료도 어렵다. 또 많은 돈이 든다. 우리가 오래 가엾게 여기던 아이에게 할 수 있었던 유일한 일은 진통제를 놔주는 것뿐이었는데, 데리고 간 병원에서 매우 난감해했다.

죽은 고양이의 몸을 처음 만져본 것은 어느 겨울 아침이었다. 상혁과 운동을 나서는 길에 로드킬당한 새끼 고양이를 보았다. 지금은 태어난 지 두어 달쯤 된 고양이였겠다 추측하지만, 그때는 초보 집사라서 아무것도 몰랐다. 그냥 고양이를 막 사랑하게 되어 길에 있

는 고양이가 모두 가엾게만 보이던 때다. 죽은 고양이
는 차가 다니는 대로에 누워 있었지만 주변에 어미나
형제가 있을 것 같았다. 사람이 많은 길이라 차마 달려
들지 못하고 어디 숨어 있겠구나 싶었다. 차바퀴에 배
가 눌린 고양이를 들어다 화단 안쪽에 놓아주었다. 이
별하라고. 그리고 그날 이후 나는 고양이의 죽은 몸이
무섭지가 않다.

길고양이들의 먹을 걱정 하나 줄여주려고 주에 한
번씩 요풍길에 간다. 강아지 고양이 용품점이 거기 있
기 때문이다. 임진강 가까이 위치한 요풍길은 "여름에
도 시원한 강바람이 불어와, 복중에도 땀을 모르고 지
낸다 하여 붙여진 이름"●이라는데, 품은 뜻이 꽤 넉넉
하고 시원하다. 내 손길이 고양이들에게 한여름의 강
바람만은 못하겠지만, 길고양이의 하루 치 배부름이
내겐 그만큼 귀하다.

● 2011년 파주시청의 파주 지명 고시 자료를 참고하였습니다
(https://www.paju.go.kr/component/file/ND_fileDownload.
do?id=2059989—100576—101).

잘살았으면 한다. 살아 있는 동안 가능하면 잘 먹고, 부디 잘 자고, 많은 날을 햇볕 속에서 원 없이 놀기를 바란다. 길에 사는 짐승들이 그렇게 길고 짧은 생을 살다가 인연이 닿았던 사람의 눈앞에서 죽었으면 좋겠다. 먹을 것이든 장난감이든 좋은 것을 안고 갈 수 있도록. 죽음 이후의 길이 어느 쪽으로 났는진 몰라도 가진 것이 있으면 힘이 되지 않겠나 싶다. 정을 주었던 고양이가 죽는 것보다 그의 죽음을 모르게 되는 게 더 무섭다. 2020년 12월 19일, 한파경보가 내린 새벽이다.

5

소라지로

멸종위기종 1급 수원청개구리가 맞았을까?
공릉천

공릉천이 걷기 좋다는 이야기를 몇 번인가 듣긴 했
는데 선뜻 가볼 엄두는 나지 않았다. 대체 정확히 공릉
천의 어디를 간다는 말일까? 무엇보다 그게 의문이었
다. 들을 때마다 속 답답한 게, 한강에서 놀자는 말 따
위들이다. 이번 주에 한강 갈래? 다음에는 한강에서
보면 되겠네! 부러 내 감정을 과장하는 것이 아니라,
실제로 대학교 학부 과정을 마치기 전까지도 나는 친
구들이 툭툭 내뱉는 저 '한강'이라는 단어가 무슨 구
무슨 동에 있는 단 하나의 지점을 가리키는 것이라고
여겼다. 물론 지금이라고 한강에 대해 무얼 많이 아는
것은 아니다. 뚝섬유원지역에서 굴다리 건너면 도착
하는 한강공원을 한때 자주 다니긴 했지만 거기 외에
는 어떤 입구, 어느 주차장으로 들어서야 한강이라는
곳에 도달할 수 있는지 잘 모른다. 뚝섬 말고도 서울에

네다섯 군데 진입 지점이 더 있다고만 알고 있을 뿐이다(더 많을 수도 있다). 올림픽공원처럼 입구마다 번호가 매겨져 있다면 얼마나 찾기 편할까.

컴퓨터 화면에 공릉천 지도를 떠워보았다. 내가 기대한 건 공릉천 제1주차장, 공릉천 제2주차장 같은 것이었는데 그런 지점은 보이지 않았다. 길찾기 기능으로 통일초등학교부터 공릉천까지를 찍어보니 도저히 차가 다닐 만한 도로가 아닌 곳에 도착 지점이 표시되었다. 이런 식으로 서너 번 포기하다보니 나중에는 가보겠다는 마음이 싹 가셨다. 그렇게 이사 와서 이 년을 공릉천 한번 안 가본 파주 시민으로 살고 있었다. 그럼 애를 공릉천에 데려다주면 되겠네? 잔디가 한겨울 뒷마당에서 뛰노는 청개구리를 보다가 이런 말을 꺼낸 것이다. 처음에는 그냥 작고 예쁜 청개구리(잔디의 관점에 따르면 그렇다)가 뒷마당에 사는구나 하고 넘겼는데, 문득 청개구리 종류가 궁금해서 인터넷을 검색하다가 GTX 건설 현장에서 멸종위기종 1급으로 분류된 수원청개구리가 나왔다는 뉴스를 읽게 되었다. 기사에 따르면 보통 청개구리와 멸종위기종 수원청개구리를 한눈에 구별할 수 있는 사람은 극소수라고 한다. 그럼에도 우리 부부는 저것이 수원청개구리라고 확신하는 동시에 모종의 책임감을 느꼈다. 저 작은 녀석에게는 이 혹독한 한파도, 뒷마당을 드나드는 네댓 마리의 길고양이도 너무나 큰 위협일 것이었다.

오백 원짜리 동전만한 청개구리를 빈 유리병에 담아 어찌어찌 공릉천 방향으로 차를 몰고는 있었는데 기분이 썩 좋지는 않았다. 내비게이션에서도 공릉천 진입, 공릉천 입구 등으로 거듭 검색을 해봤지만 어디를 도착지로 찍어야 할지 감이 오질 않았다. 청개구리가 가엾지 않은 것은 아닌데 이렇게까지 해야 하나 싶었다. 그렇게 조금 짜증이 나서 좁은 길로 차를 몰던 중에 옆자리를 슬쩍 쳐다보았다. 잔디가 개구리가 담긴 딸기잼 병을 두 손으로 너무나도 소중히 쥐고 있었다. 자기도 어디가 어딘지 몰라 불안했는지 연신 창밖 여기저기를 내다보고 있었다. 그러더니 청개구리에게 조용히 말을 거는 게 아닌가? 개구리야, 우리가 꼭 좋은 자리 찾아줄게, 조금만 참아. 그걸 보고 나도 모르게 말을 보태고 말았다. 어어 그래야지, 데려다주고말고!

탄현면에 위치한 송촌교 부근에 차를 대고 우리는 걷기 시작했다. 이리도 황량한 곳이 사람들이 말하던 그 공릉천이 과연 맞는지 끊임없이 의심하면서 추위를 뚫고 십여 분을 걸었다. 도중에 자전거를 탄 노인 한 명을 마주친 게 전부였다. 그래도 곧 물가로 이어지는 완만한 경사가 보였다. 사람들이 오가며 같은 자리를 여러 번 밟았는지 내려가는 방향으로 어설프게 길 같은 것도 나 있었다. 잔디는 누런 갈대가 특히 무성한 곳을 찾아 조심스럽게 병뚜껑을 열었다. 차 있는 데로 돌아가는 내내 자꾸만 뒤돌아보는 잔디를 안심시키려고, 어떻게든 재밌는 화제를 꺼내보려 했지만 별 소용이 없는 듯했다.

 그러고 몇 주가 지났다. 잔디는 아직도 새떼가 우리 머리 위를 지날 때면 개구리 이야기를 꺼낸다. 그냥 뒷마당에 둘 것을 괜히 천적 많은 공릉천으로 보냈다며 진심으로 걱정하는 것이다. 자유로에서 파주로 빠지는 길에서 보면 공릉천 쪽으로 우르르 내려앉는 기러기가 수도 없이 많은데 잔디는 또 그때마다 한숨을 쉰다. 조금만 싫어도 사람한테는 그렇게 매몰차면서 비인간 동물엔 어떻게 저리 마음이 순해지는지 예전부터 의문이

긴 했다. 하여튼 강퍅한 나도 잔디의 한숨을 덜어주기 위해서라면 웬만한 수고는 마다하지 않을 것이다. 그 날 한겨울의 공릉천에서 번번이 뒤를 돌아보던 잔디가 내가 존경하고 사랑하는 그 잔디가 맞다.

누구의 선심까지 내다버리고 나니

2020년을 어떻게 설명해야 좋을지 모르겠다. 갇혀 지낸 시간이라고 하면 좋을까? 누가 내 시간과 체력의 멱살을 잡아 이리저리 끌고 다녔던 한 해라고 하면 좋을까? 아이가 아니었다면 크게 다를 것 없었겠지만 네 살 아이와 집에서 너무 많은 일을 해결해야 했기에 빨래나 청소 같은 기본적인 생활에서 느끼던 단순한 기쁨을 모두 잃었다. 무엇이든 빨리 해결하고 모자란 잠을 자고 싶었다. 잠마저 포기하고 몇 장이라도 책을 읽고 싶었다. 속이 텅 비어서 도저히 사람으로 살아 있을 수 없을 것 같았다.

그렇게 버티지 말고 병원을 가자, 그러지 말고 잠을 좀 자,라고 말하던 남편이 불쑥 미니멀리즘 이야기를 꺼냈다. 삶을 좀 단순하게 바꿔보자는 제안이었다. 나는 좋았다. 당장 힘이 났다. 다음날 우리는 옷장을 비웠다. 며칠 뒤 티브이와 김치냉장고를 버렸다. 정수기를 해약하고 휴대전화를 알뜰폰으로 바꾸었다. 종일 정신없이 바쁘다고 생각했는데 없던 일을 만들어 하면서 오히려 여유를 느꼈다. 그런 기쁨으로 2020년의 절반을 보냈다.

4월에 생애 최초 자가를 소유하게 될 엄마에게 매일 호들갑을 떤다. 스물몇 평의 작은 주택이지만 서울 한복판에 엄마만의 집을 가진다는 게 얼마나 대단한 일이냐고 말이다. 주말에 만난 엄마와 어김없이 집 이야기를 나누는데 엄마가 우리집이 좀 작아 아쉽다고 했다. 우리집이 엄마 집보다 큰데? 그럴 리 없다고 엄마가 웃었다. 너희 집은 인구밀도가 높잖니? 그렇네.

얼마 전 욕실 비품을 모두 사용하고 욕실 장을 떼어냈다. 못 자국이 남았지만 속이 후련했다. 이사 올 때 인테리어를 담당했던 업체에서 서비스로 달아준 것이었는데 사장이라는 남자가 "후회할 텐데요"라는 말을 자꾸 했다. 누구의 선심까지 내다버리고 나니 화장실 문을 열 때마다 마음이 환해진다. 작은 물건 하나 버리는 것도 좋지만 부피가 큰 가구가 나가면 정말 기쁘다. 어머님, 상혁과 나, 아이, 고양이 여섯에 강아지 살구까지. 열하나가 사는 집에 쓸모없이 큰 가구는 공간을 먹고 사는 군식구나 다름없다.

파주에 처음 와 우리가 가장 자주 찾은 거리가 있다면 아마 청석로일 것이다. 구할 것이 있어 검색을 하면 열에 아홉은 청석로에 있다. 어느 비 오는 날 김치찌개가 먹고 싶어졌는데 마땅한 김치가 없기도 하고(김치냉장고가 있는 집에 김치찌개 끓일 김치가 없었다니, 역시 버리길 잘했다), 손을 움직이기 싫기도 해서 남편과 오전 열시에 문 여는 김치찌갯집을 찾았다. 그렇게 청석로에 갔다. 아니 왜 여기야? 아니 왜 또 여기야? 우스워하면서.

김치찌개를 배불리 먹고 가게를 나서는데 부슬부슬비도 내리고, 상가가 늘어선 거리에 사람이 참 없었다. 비 탓에 좀 쌀쌀했고 조도가 낮은 상가의 지하 주차장으로 내려가는 길이 미끄러워 종종걸음으로 남편을 따라붙었다. 누군가에겐 우리 모습이 무척 한심하게 보이리란 생각이 들어 갑자기 웃음이 났다. 우리는 할일 없는 사람들로 보이기 딱 좋다. 잘 차려입고 다니는 편이 아닌데다 주로 사람이 없는 시간에 움직인다. 바쁠 때 밤낮이 없지만, 보통은 하루가 오롯이 우리 것이라 음식점에 갈 땐 점심시간을 피하고 여행을 가도 주말과 공휴일을 피할 수 있다. 김치찌개가 아니라 오전 열시에 김치찌갯집에 가자고 나서는 것에서 이미 포만감을 느끼는 사람들이다.

파란 돌을 뜻하는 청석로. 파주시에 따르면 이 마을 뒷산에 파란 돌이 나왔다고 하여 붙여진 이름이라고. 파란 돌이 얼마나 파랬을까 생각해본다. 뒷산에서 난 돌이 유별나게 파란빛을 띠었을 것 같진 않다. 파랗다기보단 푸르스름 푸르죽죽 푸르께했을 것이다. 사소한 차이를 즐기는 사람이 하필 말 붙이기도 좋아하여 푸르스름한 돌을 청석이라 부르기 시작하고, 청석은 더 신비로워졌겠지. 좀 심심한 상상을 하면서 남편과 나의 삶을 뭐라고 부르면 좋을까 생각한다. 삶을 통해 추구하는 가치로 자기를 표현하는 멋진 말들. 이를테면 미니멀리스트, 비건, 페미니스트…… 어떤 가치를 추구하며 살건 나는 내 신념이 언제나 푸르스름 푸르죽죽 푸르께하리라는 걸 안다. 평생 누군가에게 물들며 살아왔으니 앞으로도 그럴 것이다. 미니멀리스트 아니고 욕심내지 않는 사람, 비건 아니고 아침과 저녁엔 동물성 식품을 피하는 사람, 혐오를 드러낼까봐 두려워하는 사람. 뒷산의 돌처럼 가만히 눈치를 본다. 염치없지만 후회하지 않으려고 천천히 따라간다. 화려하지 않아도 우리의 기쁨이 거기에 있다.

사랑은 이상한 것이지, 더러운 게
더러운 줄도 모르고
운정건강공원

　내가 초등학교를 졸업할 즈음 이모는 캐나다로 이민을 떠났다. 중학교 졸업 후 잠시나마 유학 생활을 할 수 있었던 것은 그곳에 먼저 자리를 잡은 이모와 이모부 덕이었다. 사실 말이 유학이지 사정은 좀 복잡했다. 나는 이모네 양자로 입양되는 절차를 밟는 중이었다. 일이 꼬이는 바람에 이 년 만에 한국으로 돌아오기는 했지만 딱히 사람이나 상황을 원망한 적은 없다. 추위에 워낙 약한 탓에 식당이 조금만 썰렁해도 먹던 음식이 얹혀 며칠을 고생하면서도, 일 년 중 절반이 겨울인 그곳에서 한순간도 불행하다고 느낀 적은 없다. 분에 넘치게 행복해서 되레 현실감이 없었고 행운처럼 주어진 이 좋은 환경이 영 내 것 같지가 않았다.

　이모는 용감하고 선량한 사람이다. 정의감 있고 다

혈질이라 살면서 손해 보는 일이 많다는 게 다른 형제들의 중론이었다. 다섯 남매 중 막내인 그였지만 무엇에 미숙하다거나 할일을 두고 뒤로 물러서 있는 모습은 없었다. 캐나다에서도 그랬다. 징그럽게 훌쩍 커버린 열여섯 조카(나)와 열 살, 열한 살 연년생 아들을 모두 차에 태우고 이모는 눈길이든 빗길이든 잘도 다녔다. 마트에서도, 한인 교회에서도, 직접 운영하던 베이글 가게에서도, 이모 뒤에 있으면 그다지 무서울 게 없었다. 평소 말이 많은 건 아니었지만 부당한 일에는 얼굴 붉혀가며 입을 열었고 남 어려운 일에는 선뜻 손을 내밀었다.

그런데 이모 하면 제일 먼저 떠오르는 것은 물이 담긴 밥그릇이다. 어느 날 밥상에 둘러앉았는데 식사를 마친 이모부가 당신의 빈 밥그릇에 보리차를 따라 마시더니, 이제 물이 반쯤 남은 자기 그릇을 들어 이모에게 권했다. 이모는 얼굴을 약간 붉히더니 날카로운 목소리로 쏘아붙였다. 내가 당신 밥그릇 씻은 물을 왜 먹어? 그때 밥상에 몇 명이 앉아 있었는지, 정확한 장소가 어디였는지도 전혀 기억이 없다. 다만 이모가 재빨리 꺼낸 저 문장, 이모만큼이나 빨개진 이모부의 얼굴, 그리고 꽤나 당혹스러웠던 내 심정만은 정확히 떠오른다.

지금껏 두 분은 한집에서 잘살고 있다. 두 아들도 각기 가정을 꾸렸다. 나는 이모와 이모부가 서로를 의지하며 어려운 이민 생활을 잘 꾸려왔다고 믿어 의심치 않는다. 하지만 보리차 담긴 밥그릇을 이모부 쪽으로 되밀던 그날의 이모는 잠시나마 사랑이 바닥난 상태였다고 생각한다. 밥그릇에 담긴 물이 아니라 밥그릇을 씻은 물이라는 말이, 그 희멀건 물에 화를 낼 만큼 고단했던 이모의 일상이, 여전히 문득문득 떠오른다. 나는 어쩔 수 없이 이모 편이라서 그이를 그때 안아주고도 싶었다.

운정건강공원에는 나를 설레게 하는 두 가지가 있다. 하나는 친구인 서효인 시인 가족을 우연히 만나지 않을까 하는 기대. 그리 살갑게 지내는 사이도 아닌데 두 딸의 손을 잡고 다가오는 아버지 효인의 모습을 떠올리면 왜 그리 좋고 반가운지 모른다. 다른 하나는 깨끗한 화장실. 아무리 좋은 곳에 가더라도 화장실이 더러우면 나는 물과 식사를 줄여서라도 생리현상에 저항한다. 호텔이나 미술관 화장실에 비할 순 없어도 이용객이 많은 외부 화장실이라는 점을 감안하면 건강공원 화장실은 대단히 청결한 편이다. 그래서 공원에 들어설 때마다 안심이 된다. 바깥이지만 여기서는 급한 신호가 와도 괜찮다, 저기 내가 앉아도 되는 변기가 있다! 그런데 왜 깨끗한 화장실에서 손을 씻다가 하필 이모부의 밥그릇이 생각났을까? 사랑은 이상한 것이지, 더러운 게 더러운 줄도 모르고. 문득 이런 문장을 떠올렸을 뿐이다.

8

풍뎅이길

시큰둥하게 칭찬을 받아먹으며

네 살 아이는 역할놀이를 좋아한다. 역할을 나누고 상황을 만들어 끊임없이 떠들기를 원한다. 놀이 속 상황이 조금 복잡해지는가 싶으면 아이는 묻기 시작한다. 그럼 얘가 어떻게 해? 그다음 얘가 어떻게 해? 그러면 얘는 어떻게 해? 나는 이 질문들에서 조금 더 성장한 아이의 모습을 그려보곤 한다. 엄마, 친구가 나에게 서운하대, 그럼 나는 어떻게 해야 해? 내가 오해를 풀려고 해도 잘되지 않아, 이젠 어떻게 해야 해? 아마도 지금과 같은 마음으로 나는 아이의 질문을 애지중지할 것이다. 아이가 궁금해하는 세계를 통해 아이의 마음을 엿보려 안간힘을 쓸 것이다. 그리고 되도록 불필요한 상처를 받지 않고 성장할 수 있도록 내 역할을 찾을 것이다.

『새벽 세 시의 몸들에게』를 읽다 '투명자아'라는 용어를 알게 되었다. 자신의 필요보다 타인의 필요를 더 우선시하는 자아. 대화의 맥락을 조금도 추측할 수 없는 상태에서 '투명자아'라는 표현을 처음 마주하게 되었다고 해도 이 말이 현재의 나를 가리킨다고 분명히 알아챘을 것이다. 나는 아이가 무엇을 견디는 게 싫다. 특히 지루함을 견디게 하고 싶지 않다. 내가 너무 많은 시간을 지루함과 싸우는 데 써버렸기 때문인지 모르겠다. 아이가 힘들이지 않고 지나온 많은 순간에 나는 아이가 괴로울까봐 무서워하고 있었다. 아이를 기분 좋게 하려고 안간힘을 쓰다가 도리 없이 한계에 부딪히면 남편을 원망했다. 나만큼이나 육아에 모든 에너지를 쏟고 있는 남편이니 억울했겠으나 나로서는 어쩔 수 없었다. 끝없이 이해해주는 사랑은 남편에게 배웠으니까.

내가 가장 어렸던 시절은 유년이 아니라 이십대 초중반이었다. 소리치면 관심받고 조용히 있으면 외로워질 거라 믿었다. 스스로 자랑스럽게 여길 만한 구석이 없다 생각하면서도 티끌만한 것이라도 자랑하지 못해 안달이었다. 기억에서 사라져버려도 좋을 시간들이지만 나와 남편은 그때 친구가 되었다. 내가 그 시절을 부끄러워하는 만큼, 꼭 그만큼 남편이 나를 좋아해줬다고 생각하면 그가 대머리가 되어도 곁에 붙어 있을 수밖에 없다. 나는 내가 어떤 사람인지 몰랐다. 취향도 가치관도 없이 목소리만 큰 나를 남편은 좋은 친구로서 언제나 진지하고 솔직하게 대했다. 그가 나보다 나이가 많아서 조금 더 어른스러울 뿐이라고 생각했었다. 어느 날 연애 상담을 해주던 그가 내겐 좋은 사람에게 사랑받는 경험이 꼭 한 번은 필요할 것 같다고 했다. 자존감이 많은 문제를 해결해줄 거라고 말이다. 그 말이 나를 처음 부끄럽게 만들었다. 긴 연애를 하는 동안 아이와 같은 질문을 그에게 수도 없이 던졌다. 이럴 땐 어떻게 해야 해? 그다음엔? 그러고 나선?

내가 아이를 대하듯 남편은 나를 대한다. 모든 말을 귀담아듣고 의심스럽고 기가 찰 정도로 칭찬을 해댄다. 낮잠에서 깬 나에게 너는 어쩜 이렇게 아기처럼 자고 일어나면 몸이 따뜻한 거냐고 칭찬을 한다. 이불을 덮고 자면 누구나 그렇단다. 칭찬을 거두렴. 그 말을 장난으로 받으며 나는 웃는다. 어느 때는 블라인드를 걷으며 남편이 말한다. 너는 어쩜 이렇게 완벽한 땅을

골라서 우리가 이런 풍경을 다 보고? 적당히 해. 커피
내려줘. 시큰둥하게 칭찬을 받아먹으며 창밖을 본다.
사선으로 내리뻗은 정연묘 앞 잔디밭에 안개가 잔뜩
내려앉아 있다. 파주의 안개가 저 앞을 흐려주어서 내
가 잘살고 있다는 생각마저 든다. 때가 되면 아이에게
내 삶을 다 줘버리는 날들도 끝날 것이다. 그러고 나면
상혁과 나는 더 즐거울 것이다. 우리가 언젠가 우리집
에 둘만 남게 된다는 생각이 위로가 된다.

9

잘못되어서 싫다는 뜻은 아니다

통일동산입구

'통일동산입구 방향'이라고 적힌 표지판을 종종 보면서도 동네 언덕 어디쯤을 일컫는 옛 지명이라고만 여겼지 정확한 위치는 알지 못했다. 통일동산입구가 이미 몇 번이나 걸었던 광장 진입로라는 사실을 얼마 전에 알았다. 자주 있는 일이라 놀랍지는 않다. 미아사거리역 근처에 이십 년을 살면서도 미아리고개가 정확히 어딘지 모른 채 결국 동네를 떠버린 나였다. 그 동네를 떠난 지 십 년이 다 되어가는, 바로 이 글을 쓰고 있는 지금에야 포털 검색창에 '미아리고개 정확히 어디'를 입력해보았다. 내가 대충 짐작하던 미아리고개는 북서울꿈의숲과 장위동 사잇길 짧은 언덕이었는데 방금 찾아본 바에 따르면 성신여대입구역부터 북쪽으로 꽤나 길게 이어지는 완만한 경사로 전체가 미아리고개다. 그곳 친구들과 술을 마시다 시간이 너무 늦어

지면 나는 입버릇처럼 미아리고개만 넘으면 금방이라
집까지 걸으면 된다고 말하곤 했는데 그때 그들이 아
리송한 표정을 지은 이유가 다 있었던 거다.

평화로 방향 통일동산입구부터 이십 분쯤 천천히
걸으면 왕복 4차선 도로를 접해 길쭉한 광장이 끝난
다. 남에게 한번 걸어보라고 선뜻 권할 만한 곳은 아닌
게, 흡사 포스트 아포칼립스를 배경으로 삼는 영화에
나 나올 법한 풍경이 죽 펼쳐진다. 한두 블록 너머 식
당가와 무인 모텔들은 주말마다 붐비는 반면 이곳은
유독 인적이 드물다. 미리 찾아보지 않는 한 이곳이 통
일동산이란 이름을 가진 광장이란 걸 어느 누가 짐작
이나 할까? 개인적으로 파주시의 이대 폐허를 꼽자면
'파주 프리미엄 아울렛' 옆 철골만 올라간 채로 십 년
넘게 방치된 탄현콘도와 바로 이곳 통일동산일 것이
다. 깨진 보도블록과 폐건물들 사이 대리석으로 만든
새하얀 통일동산 기념비만 우뚝 솟아 있어서 더욱 기
괴한 광경이다.

살구와 단둘이 산책하는 건 오랜만이었다. 한낮 인
적 없는 네모반듯한 광장을 걷자니 사람들 다 죽고 지

구에 혼자 남으면 이런 장면이겠구나 싶었다. 내 머릿
속 광장이란 우선 원형인데 말이지, 그리고 어째서 동
산일까 언덕도 아니면서? 한가롭게 이런저런 생각을
굴려보았고 이름부터 잘못되었다는 결론에 닿았다. 잘
못되어서 싫다는 뜻은 아니다. 통일동산이라는 산뜻하
고 희망적인 뉘앙스의 광장이 이런 칙칙한 모습이라서
실은 더 마음에 든다. 놀랍도록 세련된 시를 라디오에
서 듣고 시인을 찾아보았는데 김행숙이란 이름이 나와
서 훨씬 기뻤던 적도 있고, 건조하기 그지없는 논문 제
목들 가운데 정한아 시인의 '빵과 차'라는 제목의 박사
논문이 검색되었을 때 느낀 쾌감도 적지 않았다. 무엇
이 좋으면 그것의 특성과 이름이 어긋나 있어도 우리
는 얼마든지 긍정적인 의미를 부여할 수 있다.

상혁은 작명소에서 받은 이름이다. 만삭의 몸으로
찾아온 어머니에게 역술가가 해준 이야기는 이랬다.
이 아이는 커서 가수 한다고 어머니 속만 썩이다가 가
산을 탕진하고 불행한 만년을 맞이할 것이니 이름을
상혁으로 짓고 부를 때는 '혁' 자만 따로 떼어서 해라,
그래야 방랑벽도 같이 억누를 수 있다. 할머니 할아버
지는 돌아가시기 전까지도 나더러 혁아, 이래라저래

라 했다. 집에서 삼십 년이 넘도록 저 낭만적인 뉘앙스로 불린 덕인지 몰라도 나는 가수 지망생이 되지도 않았고 방랑벽도 없다. 아니 작명소의 예언과 극적으로 정반대 성향으로 자라서 그 흔한 노래 듣는 취미도 없고 외출에 질색하는 어른이 되었다. 이 이야기를 잔디에게 하면 시인이야말로 가객 아니냐며 놀린다. 가수든 시인이든 혹은 가객이든 거기에 내 이름이 잘 어울린다고 느낀 적은 없다. 발음해볼수록 비문학적인 이름이라 쓸쓸하다. 교생실습 하다가 도망치지 않고 본래 꿈대로 중등교사가 되었다면 딱 국어 선생 같은 이름이긴 했을 것이다.

통일동산의 길쭉한 산책로를 왕복하고 차 있는 곳으로 돌아왔다. 상혁, 상서로운 붉은 기운, 즉 태양을 뜻한다. 나는 내 이름과 완벽히 들어맞지도 않고 멋지게 어긋나지도 못한, 그저 그런 삶을 살고 있다. 평범한 내가 싫은 건 아니다. 다만 잔디와 문채를 보고 있노라면 지금보다는 더 특별한 나였어도 좋았겠다는 욕심이 생긴다.

10

얼음실로

인사도 하면 안 돼요?

헤이리 7번 GATE

우리 아이 이름은 문채다. 따뜻할 문(炆), 물가 채
(淮). 두 자를 가지고 출생신고를 하러 간 남편에게서
전화가 왔었다. 물가라는 뜻을 가진 글자가 이름에 쓸
수 있는 한자가 아니라고 했다. 그래서 우리 아이의 이
름은 따뜻할 문(炆), 채색 채(彩). 인생 사십이 개월 차
에 접어들었고, 근래 전래동화의 기괴함에 푹 빠져 있
다. 이야기를 좋아하는 문채와 상혁과 나는 하루 두 번
상혁의 컴퓨터 앞에 모여앉아 만화를 본다. 아이 등원
전 이십 분, 아이 하원 후 이십 분. 아이에게 너무나 소
중한 이 만화 시청 시간이 우리에게도 큰 즐거움이다.
보통 아이는 만화가 시작되면 얼어붙는다. 주제가가
흘러나옴과 동시에 영혼이 화면 안으로 빨려들어가기
때문인데, 우리는 그 가만히 멈춘 아이를 바라보며 키
득거리는 걸 좋아한다. 그런 때가 아니면 얌전히 앉아

있는 아이를 볼 수가 없다. 짧은 만화 시청이 끝나면 아이는 우리에게 도깨비 집에 다녀오라고 한다. 만화에 등장한 무언가를 거기 가서 구해오라는 뜻이다.

한동안 아이는 '길들이다'가 가지고 싶다고 했다. '길들이다'를 꼭 구해달라고 하는데 대체 그것이 무엇인지 알 길이 없었다. 길들인다는 게 무슨 말인지 알아? 문채에게 물으면서도 머릿속에 떠오르는 건 『어린 왕자』뿐이었다. 아이가 그 어려운 이야기를 접했을 리도 없지만, 접한다고 그 방향으로 관심이 뻗을 것 같지도 않았다. 하지만 머릿속에 뿌리내린 장미를 떨칠 수 없어 나는 '길들이다' 속에서 한참을 더 헤맸다. 장미 같은 우리 아이, 이 아이의 까탈스러운 표정 하나하나 모두 헤아리고 척척 해결해줄 수 있다면 얼마나 좋을지…… '길들이다'가 머리는 사자이고 몸은 독수리인 캐릭터라는 걸 나중에야 알았다. 그의 이름은 '길다'였다. 만화에서 중요한 인물이 아니었고 악역에 가까워 아이가 눈여겨보며 그 이름을 기억해두리라 상상도 하지 못했다. 아이가 무얼 좋아할지 미리 알아채기 어렵다고 늘 생각한다.

지지난 여름엔 일주일 중 하루이틀은 여벌옷을 챙겨 헤이리 7번 출입구를 찾았다. 헤이리마을 뒤쪽, 지대가 높은 곳에 주차하고 조금 걸으면, 바닥 분수가 있는 광장에서 아이와 실컷 뛰어놀 수 있었다. 운이 좋으면 바닥에서 솟아오르는 물줄기 사이를 정신없이 뛰어다니는 어린이들 틈에 문채를 슬쩍 밀어넣고 우리는 아이를 눈으로만 좇아도 되었다. 기쁨을 감추지 못하고 소리지르는 아이를 볼 때마다 상혁과 나는 매년 여름이 이렇게 지나겠구나 생각했다. 이 공간이 아이와 함께하는 삶을 이렇게 물들이고 있다고 생각하면 마음이 간지럽기도 했다. 아이가 생기기 전엔 공원, 녹지, 공터 등이 얼마나 소중한 지역 기반 시설인지 몰랐다. 집이 가장 좋다는 문채지만, 어떻게든 설득해 데리고 나가면 또 집엔 절대 안 가겠다 고집을 부리는 게 문채다. 나는 체인지업캠퍼스(구 영어마을) 산책을 좋아하는데 내가 호수를 찾아, 그네 의자를 찾아 걸으면 문채는 어느새 호수 속 커다란 물고기, 나무 계단들 사이에 가로질러 걸린 거대한 거미줄에 홀려 감탄하곤 한다. 집 가까이에 아이와 갈 만한 미술관, 박물관이 없다고 투덜거렸지만 또 한편 안심하고 즐길 수 있는 야외 시설이 집 근처에 많다는 사실에 정말 감사했던 지난해였다.

최근엔 아이와 밖에 나가기가 어렵다. 감염병 공포
로 아이를 자꾸만 집안에 붙들다보니 아이가 점점 더
외출을 꺼리게 되었다. 아이 입장에서도 외출의 의미
가 달라졌을 것이다. 집에선 얼마든지 자유로울 수 있
지만 바깥에 나가면 모든 행동에 엄마 아빠 잔소리가
따라붙으니 그럴 수밖에. 팬티 바람에 신발을 신고, 그
것도 좌우를 바꿔 신고, 어디든 나가자며 현관문을 두
드리던 아이가 이제 바깥은 재미가 없다고 한다. 장난
감을 사러 나가자고 해도 싫다고 운다. 아이에겐 간단
히 씻고 옷을 입고 차를 타고 이동하는 모든 과정이 고
난이다. 게다가 부모가 외출을 준비하는 시간까지 혼
자 놀며 견뎌야 한다. 감내한 만큼 자유롭지도, 기대한
만큼 즐겁지도 않았던 외출의 기억들이 문채를 어떤
방향으로 길들인 것이다. 어느 날 이런 대화를 나눈 적
이 있다. 문채야, 사람들한테 너무 가까이 가면 싫어할
수도 있어. 그때의 아이 얼굴을 잊을 수가 없다. 인사
도 하면 안 돼요?

살다가 흙에 묻혀 땅이 내민 배가 되는 것

동화경모공원

머릿속에 가계도를 그려봐도 얼마나 멀고 가까운지 가늠하기 어려운 친척이 있다. 아빠가 당숙께 인사드리라고 하면 당숙이 되고, 그러지 말고 편히 삼촌으로 부르라고 하면 삼촌이 되는 관계. 나에게 비싼 과자, 큰 용돈을 주는 사람은 일 년에 두어 번 만나는 그분이 유일했다. 무척 다정했던 삼촌은 한여름 보일러가 돌아가는 뜨거운 방 한가운데 누워 돌아가셨다. 그러고서 한참 뒤에 발견되었다. 그의 죽음을 접하고 내가 할 수 있었던 일은 잠자리에 누울 때마다 죽은 그를 떠올리는 일뿐이었다. 당숙의 고단했던 삶도 죽기 전 위태로웠던 마음도 위로할 방법이 없었으니 다만 외로움 때문에 죽어간 그의 곁에서 시간을 보내고 싶었다. 안타깝고 슬퍼서 자꾸 그리다보면 죽은 몸과 함께 앉아 있는 기분이 든다. 죽은 그가 나를 느끼고 있다는 확신이 드는 때가 온다. 어리석지만 그렇게라도 함께하지 않으면 미안한 마음을 어디에 두어야 좋을지 모르겠다.

내가 스무 살 때 조카가 죽었다. 그 아이를 떠올리면 호칭이 관계를 밀어내기도 한다는 생각이 든다. 여섯 살 어려서 내 남동생과 나이가 같지만 그애는 나를 당고모라 불러야 했다. 부르기 쑥스러웠을 테고 듣기에 민망했다. 외모가 화려했으며 성향은 조용했던 그 아이는 가장 친한 친구 손에 이끌려 겨울 비닐하우스에서 죽었다. 장례가 끝난 후에도 나는 여러 해를, 그 아이가 정신을 잃었다 깨어나길 반복하는 그 겨울밤 추위를 떠올리며 보냈다. 유골함을 안고 떠나는 차 안에서 엄마 대신 그애를 키웠던 사촌 언니가 내 손을 잡고 말했다. 이애가 너랑 정말 친하게 지내고 싶어했어. 나와 가깝게 지냈다면 아이의 운명이 바뀌었을까. 삼촌에게도 조카에게도 좋은 말동무가 될 수 있었다면 좋았으리라. 그러나 나는 누구를 돌볼 만큼 근면하지 않았고 먼저 질문을 던질 만큼 속이 깊지도 않았다. 그러니 모두 헛된 생각이다. 다정한 사람이고 싶지만 그럴 수가 없다. 나는 누구를 깊이 이해하고 절망 가운데서 끌어낼 만큼 사람을 사랑하지 않는다.

집 앞에 무덤이 있기도 하지만 그밖에도 파주엔 묘지가 정말 많다. 마트 가는 길에도 적당히 산을 깎아 봉분을 얹은 곳이 군데군데 눈에 띈다. 낮은 곳에 자리한 무덤가엔 동네 큰 개들이 뛰논다. 누군가의 죽음이 내 일상에 가까이 있다는 게 나쁘지 않다.

헤이리에 붙어 있는 동화경모공원 앞을 자주 지난다. 실향민을 위한 묘원이라고 한다. 비바람에 색 잃지 말라고, 죽은 당신을 생각하는 우리 마음이 이렇게 한결같다고 산 사람들이 가져다놓은 조화의 화려한 색감으로 묘원 풍경은 결코 고요하지 않다. 좀 정신없다는 생각까지 든다. 그럼에도 그곳을 조금 걸었다. 삼촌도 조카도 무덤이 없다. 죽은 이를 화장하는 데 별생각이 없었는데 살다가 흙에 묻혀 땅이 내민 배가 되는 것도 나쁘지 않겠다는 생각이 든다. 죽음 이후를 믿지 않는다고 말하면서도 삼촌과 조카가 무덤이 없어 외로울까 봐 걱정이 된다. 그리운 곳에 돌아가지 못한 사람들의 묘지를 걸으며 내 가족의 외로움만 생각했다.

이 글을 읽으면 같이 가줄까

상혁은 바다를 좋아한다. 끝을 모르는 깊은 물, 그 안의 어둠을 좋아하는 것 같다. 휴양지의 고요한 바다 이야기도 자주 한다. 사람이 많지 않은 곳에서 눈부신 풍경을 바라보며 영원히 살 수도 있겠다고 말한다. 해외로 나가지는 못하더라도 부산에 가고 싶다는 이야기를 한 달에 두어 번은 꼭 한다. 영도의 서점 마당에서 바라본 바다 풍경 때문에 그러는 듯한데 나도 무척 그리운 곳이다. 바다가 좋아, 산이 좋아? 같은 질문을 친구를 파악하는 중요한 정보로 여기던 때도 있었다. 혈액형만큼이나 중요한 것이었다. 곰곰이 생각해보아도 어느 한쪽 크게 선호할 이유를 찾지 못한 나는 늘 대세를 따라 바다를 택하곤 했는데 속으론 그게 부끄러웠다. 취향 없는 사람 같았기 때문이다.

어느 주말 살래길에 오르기로 했다. 아이는 물병과 간식이 든 가방을 멨다. 장갑이 필요하다고 하여 문구점에서 손에 맞는 보라색 목장갑을 사서 끼워주었다. 길 초입에서 적당한 길이의 나뭇가지를 골라 지팡이 삼은 아이는 목에 호루라기도 걸었다. 문채의 목적은 부엉이를 만나는 것이었다. 나와 상혁의 목적은 주말이 수월하게 지나가도록 이벤트를 만드는 것이었다. 우리 셋은 강아지 살구를 앞세워 살래길을 올랐다. 살래살래 몸을 흔들며 걷기 좋은 살래길. 아직 나뭇가지에 싹이 트지 않은 겨울 끄트머리, 산중턱까지 올라 벤치에 앉아 있으니 산이 좋았다. 봄기운이 묻어나는 햇살을 받으며 '파주 프리미엄 아울렛' 너머 논밭 너머 임진강까지 작아지고 흐려지는 풍경을 바라보고 있으니 마음이 가뿐해졌다. 작은 일에 치여 답답해지면 여기 오면 되겠다는 생각이 들었다. 운동 삼아 자주 오자고 말을 꺼내려는데 상혁이 먼저 고개를 젓는다. 역시 나는 왜 좋은지 모르겠어.

파주 사진을 찍으러 상혁과 둘이 돌아다니다가 살래길 입구 두 곳을 더 찾아냈다. 지난겨울엔 유승아파트 쪽에서 시작해 걸었는데 고려통일대전과 검단사 쪽에도 입구가 있다. 4월 중순, 가지마다 새로 난 연두색 잎들 때문에 산이 통째로 빛나고 벚꽃잎이 날렸다. 새로 발견한 산책로 입구가 낙원으로 이어지는 문 같았다. 아무리 산이 싫어도 그 아름다움은 물리치기 쉽지 않았던 모양인지 상혁이 먼저 걷자고 했다. 우리는 걸으며 여행 이야기를 했다. 올해는 꼭 바다에 가자고. 바다를 사랑하는 사람과는 산길을 걸으면서도 산에 빠져들기가 쉽지 않다.

여행지에 가서도 특별하다는 음식 한두 가지를 먹고 유명하다는 곳에서 적당히 쭈뼛거리다 돌아오는 것이 전부라 굳이 떠나야겠다는 생각을 잘 하지 않는다. 그런데 상혁이 자꾸만 바다에 가자고 하니까 바다였기에 가능했던 추억이 하나 떠올랐다. 취업하면 시간을 맞추기 힘들어지겠다는 생각으로 두 친구와 부산에 갔었다. 친구 아버님이 빌려준 숙소가 해운대에 있었기에 간 것이지 세 사람 마음이 맞아 정해진 목적지가 아니었다. 그래도 우리가 며칠을 붙어 있기로 마음먹었다는 것과 목적 없이 함께하는 시간이라는 데 이미 만족했다. 시장을 돌아다니고 모르는 동네를 걷고 밤바다에 앉아 맥주를 마셨다. 아침 일찍 일어나 무슨 절에

도 잠깐 다녀왔다. 하지만 어딜 가든 우리가 이야기 나
누는 배경만 달라질 뿐 누릴 기쁨이 비슷하리란 걸 알
아서 꽤 많은 시간을 숙소에서 보냈다. 한 친구가 일정
을 채우지 못하고 먼저 떠났고 남은 친구 소영과 나는
기차 시간을 기다리며 모래사장에 앉아 사람 구경을
하고 있었다. 8월이었고 가만히 앉아 있으니 견디기
힘들게 더웠으며 인파 속에 평정심을 유지하고 있는
것이 우리뿐인 듯했다. 소영과 나는 처음으로 충동적
인 마음이 맞아 커다란 고무 튜브 두 개를 빌렸다. 곧
기차를 타려고 차려입은 일상복 그대로 바닷물에 뛰어
들었다. 반바지는 무겁고 티셔츠는 몸에 감겼지만 큰
문제가 아니었다. 파도가 거세질수록 우리는 정신없이
웃었다. 바지를 추켜올리면 튜브가 달아났고 가까스
로 튜브를 붙잡으면 바지가 내려갔다. 우리는 그런 서
로를 보며 너…… 너…… 하는 말밖에 할 수가 없었다.
웃음이 차고 파도는 계속 밀려왔다. 소영과 나는 열네
살에 만났다. 그와 알고 지낸 이십 년 넘는 시간이 그
장면 하나로 갈무리된다. 바다에서 건져올린 추억은
특별했다. 실제로 그날의 기억 때문에 소영과 훨씬 친
해졌다고 생각한다. 그렇지만 소영이 운영하는 카페에
앉아 시시콜콜한 이야기를 나누고 그의 아이와 내 아

이가 손잡고 걷는 걸 바라보는 기쁨만큼 소중한 것은 없다. 그러니 특별한 하루와 소소한 하루 가운데 하나를 고르라 한다면 내 취향은 특별한 데 있지 않다.

매번 마음에 찰 만큼 걷지 못했던 살래길이 어쩌나 좋았는지 조금만 스트레스를 받아도 거길 걷고 싶다. 상혁을 어떻게 꾀어낼까. 이 글을 읽으면 같이 가줄까. 살래길에서 웃다보면 산이 좋아질지도 모를 일인데. 바다에 가는 것도 좋겠지만 우리가 이 산 아래 살고 있다는 걸 함께 기뻐했으면 한다. 눈 밝은 부엉이를 지키는 산이 우리의 이웃이다.

사람이 꽃도 모르고

고려통일대전

고려대전(高麗大殿)이 보이는 진입로에만 서면 담을 넘고 싶다. 원래는 고려시대 유물과 왕의 위패가 전시된 대규모 역사관이 조성될 계획이었다고 한다. 파주 살면서 무언가 되려다 엎어진 도시계획을 하도 많이 봐서 이제는 놀랍지도 않지만, 녹슨 자물쇠 걸린 이곳 철문 앞에선 유독 서성이게 된다. 고려왕조라 하면 왕건, 왕건 하면 최수종 얼굴부터 떠오르는 알량한 연상이 전부인데. 심상치 않은 높이에 위치한 본전의 입구까지 오십 미터나 이어지는 희고 널따란 돌층계를 쳐다보고 있노라면 되다 말아버린 그 웅장함이 못내 아쉽기만 하다. 담을 넘어서라도 확인해보고 싶은 웅장함에 비해 고려대전을 끼고 이어지는 좁디좁은 샛래길은 초라하기만 했다. 봄꽃이 무슨 대수라고. 어차피 매년 피는 저것들을 함께 보자며 잔디는 또 내 팔을 잡아끈다.

스무 살이 넘어서야, 봄 되면 여기저기 나타나는 저 분홍색 꽃잎들을 누군가는 철쭉과 진달래로 구별해 부른다는 걸 알았다. 국화에 흰색만 있는 게 아니라는 사실도, 수국이 국화가 아니라는 사실도 서른 넘어서 알았다. 파주로 이사 온 지 얼마 되지 않은 때였다. 잔디와 산책중에 남의 집 담장에 걸려 흐드러지게 피어 있는 꽃무리를 보았다. 붉은색 폭포의 허리를 뎅강 잘라서 허공에 걸어놓은 듯했다. 세상에 저런 꽃이 다 있냐며 놀라서 물으니 잔디가 한심하다는 표정으로 능소화라 했다. 매실이 매화나무 열매라는 사실을 안 것도 몇 년 안 됐다. 이름 예쁜 작약, 능소화랑 매번 헷갈리는 해당화, 향 좋다는 라일락도 그렇고, 도라지꽃, 살구꽃, 봉숭아꽃도 내게는 하나같이 실물 아닌 글자로만 존재한다. 잔디 손에 이끌려 날씨 풀리자마자 이곳 살래길을 찾긴 찾았는데 나는 내가 무엇을 보고 있는지도 알지 못한다. 보기 예쁘면 그만이라고 생각할 뿐이어서 일일이 이름을 물어보고 그럴 마음이 들지 않는다.

무심함을 무슨 멋이라도 되는 양 여기면 곤란하다. 나는 옆집에서 키우는 보리수를 좋아한다. 우리 뒷마당에도 보리수를 키워야겠다고 자주 말하면서도 옆집 보리수와 수형이 조금이라도 다르면 그게 과연 보리수가 맞는지 알 수가 없다. 나는 작은 새를 좋아한다. 하지만 아는 새라곤 참새, 까치, 독수리, 부엉이, 제비, 앵무새 정도다. 얼마 전 어느 박물관에서 알록달록 파스텔 색상의 아기 손바닥만한 새를 보고 세상에 이런 새가 다 있냐며 놀라서 눈을 돌리니 새장 앞에 문조라고 적혀 있었다. 귀에 못이 박히도록 들어봤던 새 이름 문조. 그래도 뭘 모르는 정도는 괜찮을지 모른다. 지식도 열정도 부족한 자신을 세상 잡다한 일에 관심 끄고 살아가는 기인으로 봐주었으면 하는 유치한 마음에 나무도 풀도 새도 모르겠다고 말한다면 정말 큰일이다. 내가 그럴까봐 수시로 속을 들여다보곤 한다.

나에 비하면 잔디는 식물도감 수준이라 같이 다니면 얻는 게 많다. 티는 안 내도 그가 말하는 꽃과 나무 이름을 속으로 몇 번이고 되뇌어본다. 너무 어릴 적에 봐서 제목도 배우도 모르는 어느 드라마의 한 장면이 떠올랐다. 여자와 남자가 고급 레스토랑에 마주앉은 맞선 자리였다. 사람들 치약만 많이 짜서 양치하면 깨끗한 줄 안다니까요? 무식하게. (대충 이런 대사였다.) 치과의사인 남자 입장에서는 어색한 분위기도 깨고 자기 전문성도 드러낼 겸 꺼낸 말이었을 것이다. 그때 저 말을 받던 여자의 태도가 두고두고 기억에 남는다. 치과의사 아닌 사람이 그걸 모르는 게 왜 무식한 거예요? 여자 말이 맞다. 시인 아닌데 시를 모르는 건 괜찮다. 작가가 아니라면 소설을 몰라도 무식한 것은 아니다. 하지만 파주 살래길을 걸으며 생각했다. 봄이 돌아왔고 주변이 온통 꽃과 나무인데, 이처럼 나와 가깝게 존재하는 수많은 생명을 모른다면 무식하고 게으른 것이 맞다. 언젠가 시에 가죽나무를 써놓고 막상 가죽나무 앞에 섰을 때 몰라본 나는 정말로 무지하고 못된 사람이지 싶다. 원래 식물을 안 좋아한다는 변명도 더는 안 된다.

동물원에 가자는 이야기를 더는 하지 않는다
석죽재물고기나무

그림책 『여우를 쫓아낸 아기 토끼』에는 몇 날 며칠
계속된 비바람에 빗물이 넘쳐 토끼굴이 잠길 것만 같
다는 얘기가 나온다. 동화책을 읽다 이런 문장을 만나
면 아이는 질문한다. 그림으로만 보아선 토끼굴을 제
대로 상상할 수 없으니 비에 잠기는 걸 이해하지 못한
것이다. 스케치북에 그림을 그려 설명하려고 하면 곧
지루하다고 물리치기 때문에 괜찮은 유튜브 영상을 찾
는다. 문제는 아이가 영상을 하나 보고 나면 곧 책에
흥미를 잃고 다른 영상을 찾아달라고 한다는 것이다.
영상 시청을 가지고 실랑이하는 건 상당히 지치는 일
이다. 안 그래도 아이가 미디어에 적당한 거리를 두길
바라는 마음과 영상 한두 편 보여주고 잠깐 쉬고 싶다
는 생각이 항상 머릿속에서 난투를 벌이고 있기 때문
이다. 엄마를 설득할지 고집을 부릴지 눈치보는 아이

에게 어떤 날은 적당히 져주고 어떤 날은 단호하게 군다. 어떤 선택을 해도 후회가 따른다. 유튜브 시청을 하다가 실내 동물원 광고를 본 아이가 동물원에 가자고 노래를 부르기 시작하자 더욱 난감해졌다. 이수지 작가의 『동물원』(비룡소, 2017), 이예숙 작가의 『이상한 동물원』(국민서관, 2019) 같은 책을 읽어주며 동물원에 대한 아이의 환상을 지워보려고 노력했지만, 동물원은 나쁜 곳이라고 젠체하다가도 주말에 어딜 갈까 물으면 동물원이라고 답하는 주눅든 목소리에 이래저래 속이 상했다.

아이가 어린이집에도 태권도장에도 가지 않는 주말은 그야말로 전쟁이다. 주말에 어떻게 시간을 보내면 좋을지 아이와 갈 곳을 미리 찾아두려고 노력하는 편이지만 근거리에 갈 만한 곳은 정해져 있다. 동물원의 대안으로 찾은 곳은 헤이리 어느 카페였다. 카페 한쪽 통유리창으로 토끼들을 볼 수 있고 입장권을 구매하면 토끼가 있는 곳에 들어가 당근을 먹일 수 있다. 소위 체험형 카페인데 내 불편한 마음과는 달리 아이는 토끼 무리에 둘러싸여 정말 행복해했다. 토끼가 그래도 흙을 밟고 산다. 사장님이 수시로 배변을 치우는데다 토끼들이 당근에만 의지하지 않도록 밥도 넉넉히 주신다. 무엇보다 토끼굴이 있다. 토끼들은 굴을 드나들며 장난을 치고 졸리거나 사람이 싫으면 굴로 숨어들어간다. 이곳이 동물원에 비해 나은 점을 꼽으며 토끼들에게 미안한 마음을 달랬다. 토끼굴을 이해한 아이는 동화책을 더 즐겁게 읽었다. 아이는 수시로 동화 속 아기 토끼가 되어 상혁과 나에게 후춧가루 뿌리는 시늉을 했다. 동화에서 여우가 후추를 들이마신 것처럼 예상치 못하게 된통 당한 듯이 상혁과 나는 억울함을 호소하며 콜록대야 했다.

고민하긴 했지만 우리가 동물원을 소비하지 않은 건 아니다. 다녀와 느낀 건 자기가 알고 있는 동물이 실재한다는 걸 확인하는 일이 아이에게 별로 의미가 없다는 사실이다. 유리창 너머로 잠자는 맹수, 숨을 곳이 궁하여 구석에 몰려 있는 소동물 무리를 보는 게 제 터전에서 바삐 움직이는 영상 속 동물들을 보는 것보다 즐거울 리 없었다. 어쨌거나 이 경험은 소중했다. 동물원에 가자는 이야기를 더는 하지 않는다. 그래도 나는 못내 아쉽다. 동물은 소비의 대상이 아니라는 걸 가르치고 싶은 동시에 인간의 좋은 친구라고 여기길 바라기 때문이다. 아이는 친구의 크기를 가늠하고 특징을 알고 그들과 함께 있다고 느끼고 싶을 것이다.

연천 전곡선사박물관에는 동물과 함께 생활해야 했던 고대인들의 모습을 모형으로 구현해두었다. 모형이 너무나 감쪽같아 아이는 입구에 서 있는 사자를 보고 그대로 얼어붙었다. 이 정도로도 좋지 않을까. 그때의 기억이 좋아 서대문자연사박물관에 동물 모형들을 보러 갔다가 이층 복도에서 서양꿀벌들이 들어 있는 아크릴 박스와 마주쳤다. 절반은 죽었고 절반은 그곳에서 벗어나려고 힘없이 날았다. 왜 죽은 거냐고 묻는 아이 앞에서 할말을 잃었다. 한때 코엑스 아티움의 옥외 광고판이 화제를 모았다. 대형 LED 전광판 속에서 밀려오는 파도가 곧 건물 아래로 쏟아져내릴 듯 생생했기 때문이다. 기술이 저러한데 동물을 가둘 이유가 무엇인가. 코엑스 아쿠아리움에도 바다 생물들이 갇혀 있으니 말이다.

내가 낯선 사람일 때

    풍뎅이길도 좋고 우리가 지은 집도 좋지만 아주 가끔은 이사 생각을 한다. 오직 아이 때문이다. 이 집을 포기하면 조금 더 넓은 곳에서 살 수 있을 테고 아파트로 들어간다면 아이가 다른 사람을 대할 기회가 많아질 것이다. 나 혼자 아이를 데리고 키즈 카페나 어린이 시설을 찾아 움직이기도 편할 것이며 태권도나 피아노 바깥에서 아이의 취미를 찾아볼 수도 있을 거다. 이곳에 사는 덕에 한적한 거리를 자유롭게 거닐 수 있는 것이나 집 앞 골목길 하나를 차지하고 자전거 연습을 할 수 있는 것도 아이의 성향과 관심이 맞아야 이점이 될 텐데 아직까지 문제는 이 동네의 자랑을 전혀 활용할 생각이 없어 보인다. 걸어서 문방구 갈까? 아니요, 마트 갈래요. 놀이터 나가서 놀까? 아니요, 박물관 가고 싶은데…… 하는 식이다. 도시에서 사는 게 좋을 아이를 우리 욕심으로 심심하기만한 곳에 가둬둔 것은 아닌지 걱정한다.

　처음 탄현면 행정복지센터를 찾았던 게 언제였는지 무슨 일로 방문했던 건지는 기억에 없다. 하지만 우리 동사무소 가야 해? 내가 묻자 탄현면이니까 면사무소지, 상혁이 답했던 대화는 생각이 난다. 동네에 동사무소가 없다니 조금 쓸쓸해졌다. 초등학교를 다니며 딱 한 번 전학을 했다. 어린 걸음으로 이십 분쯤 걸어서 학교에 다녀야 했었는데 집 앞 육교 건너에 초등학교가 신설된 것이다. 새 학기부터 다른 학교에 다녀야 한다는 사실을 3학년 겨울방학 담임선생님의 전화로 통지받았다. 애썼던 학교생활을 처음부터 시작해야 한다는 생각에 무력해졌고 사춘기에 접어들던 터라 사람을 다시 사귈 일도 막막했다. 새 학교 새 교실에서 아이들이 질문을 나누며 돈독해지는 동안 나는 창밖만 바라보고 있었다. 그때 어떤 대화가 귀에 꽂혔다. 너는 어디 살아? 나는 학교 담 너머. 담 넘어 다녀? 응, 어쩔 땐…… 동사무소 옆에 살아.

　학교를 마치고 곧장 집으로 가지 않고 동사무소에

갔다. 낯선 교실에 가만히 앉아 있자니 힘들었고 화가 났다. 스트레스를 풀고 싶었다. 어린아이가 혼자 동사무소 앞을 서성이니 어른들이 자꾸만 무슨 일로 왔느냐고 물었다. 동사무소 건물 뒤쪽에서 학교를 넘겨다보고 나도 담을 넘을 수 있을지 살펴보고 싶었는데 으슥한 쪽으로 가려고 하면 누군가 불러 세울 것만 같았다. 육교만 건너도 남의 동네이고 그곳에서 나는 낯선 존재가 되던 시절이었다. 학교에 충분히 적응하고 나선 친구들과 동사무소 뒷길로 거리낌 없이 숨어들 수 있었다. 그곳은 더이상 낯선 곳이 아니라 친구네 골목이었다. 그에게 너 아직도 학교 담 넘어 다녀? 물었더니 아니, 여기 높은데 어떻게 넘어?라는 답이 돌아왔다. 친구는 학기초에 누군가와 나눴던 말을 기억도 못하는 것 같았다.

어린이집에 제출할 무슨 서류를 떼러 재차 탄현면 행정복지센터를 찾았다. 남편만 들여보내고 나는 살구와 센터 뒷길로 슬쩍 빠졌다. 남의 동네에 와서 무얼 하느냐고 누가 물을까봐 낯선 곳을 걸으며 긴장하는 내가 우스웠다. 느린 걸음으로 방촌로를 따라 흙길을 걸었다. 오래전에 지어진 게 분명한 주택들, 멀리서 가늠했던 것보다 훨씬 더 거대한 농기계들, 이제는 낯설 거나 무섭게 느껴지지 않는 조립식 판넬 건물들. 그리 고 이쪽 길과 저쪽 길 사이에 놓여 있는 넓은 논. 철망 으로 넓게 친 울타리 안쪽에서 우는 닭과 살구를 향해 무섭게 달려오는 큰 개 두 마리 앞을 얼른 지나고 나니 논둑 가장 높은 곳에 두 평쯤 되는 컨테이너 하나가 서 있었다. 큰 유리창으로 옹기종기 모여 앉은 아주머니 들의 넓은 등이 보였다. 웃음소리가 흘러넘쳐 둑길 아 래 물길을 다 채울 것 같았다. 컨테이너 건물은 밝은 보라색이었다. 나는 풍경과 전혀 어울리지 않는 그 멋 진 색을 쳐다보다가 문득 이곳의 내가 낯설어져 서둘 러 상혁을 찾아 걸었다.

이곳에 와서 시간이 꽤 지났는데 아직 동네 친구가 하나 없다. 남편과 웃고 떠드는 것만으로 충분해서 다 른 사람과 부딪히는 일은 되도록 피하고 있기 때문이 다. 풍뎅이길이 도시는 아니지만 결코 사람이 부족한 곳은 아닌데 아이가 자주 외로워하는 건 내가 관계를 넓히는 일에 피로를 느끼기 때문일 것이다. 키즈 카페 에 가도 놀이터에 가도 다른 아이들에겐 이미 함께 노 는 친구가 있다. 문채가 이리저리 뛰며 같이 놀자고 외쳐도 짝이 있는 애들은 단호하게 선을 긋는다. 곁에 친구가 있다면 새로운 곳을 절대 낯설게 느끼지 않을 것이다. 아이에게도 얼른 또래의 단짝이 생기면 좋겠는데 내 역할이 필요한 것 같아 마음이 무겁다.

그래도 냉장고는 뭐,

서영대학교 파주캠퍼스

캐나다 이모에 대한 인상적인 기억이 하나 더 있다. 이모는 남의 집에 가면 꼭 냉장고 문을 열어보곤 했다. 새로 이사한 친구 집이든 어쩌다 초대받은 낯선 집이든 들어서기만 하면 이모는 부엌으로 향한다. 그리고 다짜고짜 냉장고를 열어 안을 슥 훑어보고 닫는 것이다. 어머니와 중개인이 이사할 아파트를 보러 다니는데 따라간 이모가 주인 보는 앞에서 그 집 냉장고를 열어보더라는 이야기는 두고두고 놀림거리였다. 냉장고 문을 열고 나서야 퍼뜩 정신이 들어 죽도록 민망했다는 게 이모 설명이었다. 그래도 냉장고는 뭐, 그런 게 궁금할 수도 있지. 냉장고 속이 아니라 남의 집 은밀한 사정에도 신경이 쓰인다면 그때부터가 문제지 싶다. 물론 알고 싶어도 알기 어려운 게 남의 집 일이라 누군가의 천박한 호기심은 대개 현관을 넘지 못하고 만다.

그렇게 남의 집 사정은 귀신 아니면 몰라야 좋은데. 집 밖으로 이야기 퍼나르길 좋아하는 사람이 식구 중에 있으면 자질구레한 가족사가 사방으로 퍼지는 건 순식간이다. 뉘 집 숟가락이 몇 개인지 알 필요 없다는 조상들 말씀은 남의 집 속사정에 관심 끄라는 의미이기도 하지만 어쩌면 주변에 감출 건 감추며 살라는 뜻이기도 하다. 어머니가 파주에 신혼집을 지으며 은행 빚을 얼마 졌고 매달 이자로 얼마가 나간다는 이야기를 거실에 앉아 잔디 부모님에게 전하고 있을 때 나는 옆옆방 컴퓨터 앞에 앉아 글을 쓰는 중이었다. 내가 거실 아닌 다른 곳에 존재한다는 사실에 감사하며 내처 글에 집중했던 것 같다. 며칠 후였다. 사정이 어려우면 언제든 말해라, 당분간은 용돈 보내지 말라는 내용으로 잔디가 부모님으로부터 전화를 받았던 순간 내가 느낀 민망함은 좀처럼 잊히질 않는다.

여기까지 쓰고 나니 나야말로 집안 속내를 글로 한껏 퍼뜨리는 사람이 아닌지? 피는 못 속인다고 해도 할말 없지만 우리집이 빚 얼마에 이자 얼마라는 사정을 모르는 친척이 드문 마당에 구체적인 금액 명시도

안 된 정보가 무슨 대순가 싶어서 쓴다. 피 이야기가 나온 김에 말인데 아까 서영대학교 파주캠퍼스를 돌면서 떠올린 게 핏줄이니 집안 내력이니 하는 것들이기도 했다. 어머니가 누구한테 들었는지 서영대 근처에 아픈 허리를 마사지로 치료하는 용한 아저씨가 있다는 것이다. 어머니를 도수치료사인지가 사는 작은 주택에 모셔놓고 나니 할일이 없었다. 그래서 차를 몰아 캠퍼스로 향했다. 1999년 신입생으로 처음 수업을 듣던 날의 풍경이나 떨림이 떠올랐다면 좋았을 텐데 내 기억력으로는 어림없었다. 당시 돈으로 이십만 원이나 들여 스트레이트 펌을 했는데 다음날부터 앞머리가 이마에 붙어 떨어지질 않았고 첫해는 내내 모자만 쓰고 다녔던 일이 떠올라 서영대를 걷는 동안 몇 번이나 실실거렸으니 누군가는 좀 이상하게 쳐다봤을 것이다.

서영관 현판이 붙은 건물 뒤편은 흡연 구역이다. 학기중 평일 낮인데도 밖에 보이는 학생은 많지 않았다. 이왕 온 김에 건물에도 한번 들어가보리라 결심했다. 내부를 둘러보다가 강의중인 대강당이 있다면 은근슬쩍 뒤에 서서 잠시 수업을 들어도 재밌을 것 같았다. 다만 대단위 강의실에는 보통 뒷문을 지키는 조교가 있으니 걱정이다. 출입할 때 이름 학번 확인해서 도망가는 학생 있나 감시하는 무서운 선배. 누구냐 물으면 뭐라 대답할지 고민해보다가 어쩌면 조교가 내 나이를 살펴서 어디 교수려니 하고 그저 내버려둘지도 모른다는 망상에까지 이르렀다. 대학교 배회하기는 십 년 전쯤 배재대학교에서 입학사정관으로, 그리고 얼마 있다가 강남대학교에서 일할 적에도 종종 하던 짓이다. 물론 그때는 지키는 조교가 있어도 업무 관련이라고 답하면 문제없었다. 일하던 곳이 아니더라도 어디 대학교 가볼 일이 생기면 어김없이 어느 건물에라도 들어가 화장실도 확인해보고 매점이 있으면 앉아도 보고 개방된 강의실이 보이면 복도에 서서 몇십 분씩 교수 목소리를 들어보기도 했다.

건물 내부로 막 들어서려는데 휴대전화가 울렸다. 어머니 목소리를 듣자 불현듯 냉장고 여는 이모 모습이 떠올랐다. 뒤돌아서며 생각해보니 대학교를 기웃거리는 내 즐거움이 새삼 불편했다. 낭만도 애틋함도 아니다. 제대한 남자가 병영 돌아보는 기분과 다르다고 자신하기 어려웠다. 번듯한 건물과 깨끗한 화장실 좋아하는 취향도 거들었을 테지만, 내가 돌아갈 일 없는 대학 시절의 혼란과 갑갑함을 곁눈질하면서 조금 우쭐한 심정이었다는 결론에 닿으니, 냉장고 들여다보는 이모의 순박한 호기심에 비해 나의 욕망이 비교도 안 되게 천박하게 느껴졌다. 우리가 삼촌네 빚이 얼만지, 잔디네 대출 이자가 얼만지 알고 살아? 사돈한테 그런 사정까지 말하는 게 과연 맞는지 입장 바꿔 생각해보래도 귀 막고 있던 어머니가 싫었다. 소위 동족 혐오란 이런 것 아니겠는가.

아픈 할머니에게 그걸 먹였던 하루

임진각 평화누리

사방이 탁 트인 드넓은 공원을 걷다보면 이런 평화와 고요는 죽음의 것이라는 생각이 든다. 온몸의 감각이 무엇을 잡으러 떠났다가 돌아오는 데 실패하는 느낌이다. 거둘 것이 없을 때 귀는 빛 속에서도 어둠을 감지하고 피부는 바람을 물살처럼 선명하게 느껴 결국은 마음을 허우적거리게 만든다. 눈앞의 푸른 하늘, 푸른 잔디는 헛것이고 생각의 일렁임 속으로 걸어들어갈 것만 같다. 평일 대낮의 평화누리를 걸으며 그런 감각 속에서 할머니 생각을 했다. 할머니는 오래 아팠다. 치매로 누워 계시는 동안 나는 그를 잊고 지냈다. 바로 옆방에서 말이다.

내가 어릴 적 할머니는 잠투정하는 나를 재우려고 우렁각시 이야기를 몇 번이고 들려주었다. 폐지를 팔아 모은 돈을 돌돌 말아 송편 같은 검은색 가죽 지갑에 넣어두었다가 손녀가 가여울 때면 한 장씩 내어주었다. 할머니는 몸집이 작았지만 꼼꼼하고 깔끔하고 누구에게도 지지 못하는 성격 탓에 언제나 기운이 넘쳤다. 매일 아침 찬물로 씻고 참빗으로 머리를 빗어 은비녀를 꽂았다. 집 앞을 쓸고 장독을 닦고 식물과 죽어가는 짐승들을 거뜬히 살리던 할머니. 아픈 날엔 종이 상자 속에서 유산지에 싸인 하얀 가루약을 한 봉지 꺼내 입에 털어넣고 일찍 잠자리에 들었다. 아프지 않은 날엔 나와 밤늦게까지 티브이를 봤다. 내가 조금이라도 부당하고 억울한 일을 겪지 않도록 드세고 강한 목소리로 일단 손녀의 편을 들어주었다. 나는 정말 다 잊을 뻔한 것인지 이런 기억들을 다 잊고 살았다. 평화누리의 드넓은 고요함 속에서 할머니 목소리가 나를 찾지 않았다면 나뭇가지처럼 마른 몸으로 병상에 모로 누워 있던 뒷모습 말곤 그를 어떻게 그릴지 갈피를 잡지 못했을 것이다.

물에 만 밥에 찬이라곤 김치 하나를 꺼내놓고 아픈 할머니에게 그걸 먹였던 하루가 유일하게 생생하다. 과제를 하다 아르바이트 시간에 늦어 마음이 급한데 할머니는 소리에 잘 반응하지 않았다. 말이 아니라 소리. 내가 무슨 말을 하건 관심 없는 것이 아니라 반복되고 커져가는 소리 자체에 무심했다. 힘들었다. 소리쳐야 하는 모든 상황이. 할머니는 치매로 오래 아프고, 엄마는 허리 수술로 누워 있었다. 집안일과 생계를 도맡게 된 아빠는 정신없이 바쁠 수밖에. 주말 아르바이트로 버는 돈이 대학 시절 나의 일주일 생활비였다. 이 상황에서 벗어날 수 없을 것 같았다. 할머니를 먹이려던 숟가락을 내던지며 더 크게 소리를 질렀다. 가까이 오라고! 곧바로 죄책감이 밀려와 눈물이 터졌지만 할머니는 그에도 반응이 없었다.

할머니가 무엇을 자꾸 잊다가 가끔은 자기 자신도 잊어서 당황하고 슬퍼할 때 나는 열서너 살 사춘기를 지나고 있었다. 늙어감, 육체적 고통과 죽음에 가까워진다는 형언할 수 없는 공포, 무력함 같은 것을 할머니는 잠들어가는 내 발치에 앉아 나지막이 혼잣말처럼 고백했다. 다 잊었던 일들인데, 막연히 가엾고 구체적으로 귀찮았던 할머니의 감정들을 이제야 감당해보고 싶은 마음이 든다. 할머니는 말수가 적었고 엄했다. 그랬던 것 같다. 사랑했던 사람인데 함께 웃은 기억이 없다. 어디 놀러간 기억도 없다. 형편이 어려워 부모님과 여행한 기억도 많지는 않지만, 할머니 남동생의 집에 하루 묵으며 할아버지의 묘를 찾았던 기억 속에도 할머니는 없다. 이런 내 의아함에 엄마가 말을 보탰다. 하루도 집을 비우지 않았다고 한다. 전라도 살림을 정리하고 막 태어난 나를 돌봐주려 서울에 올라온 그날부터 단 하루도. 막내딸이 좋은 아파트로 이사를 했다고 하루이틀 지내다 오겠다던 할머니가 자정을 넘긴 시각에 문을 두드렸다. 그날 새벽의 귀가가 할머니가 집을 가장 오래 비우신 날이었다고 한다.

매일 비슷한 삶을 쓸고 닦던 할머니. 깐깐하고 억척스러운 그가 유복한 집에서 태어나 출가외인으로 서러움을 겪고, 늘 취해 있는 남편 대신 가정을 돌보았던 일들을 덤덤히 늘어놓으면 그것들이 모두 민담처럼 느껴졌다. 옛날 사람이 겪은 오래된 이야기. 관광버스를 타고 안 가본 곳이 없다는 여행담은 믿을 수가 없었다. 노는 것과 세상 가장 어울리지 않는 사람이 할머니였기 때문이다. 할머니와 어린 내가 함께 걸었던 가장 멋진 길은 어디였을까. 그런 게 궁금해진다. 싸락눈 내리는 새벽, 요양병원에서 잠든 할머니는 집에 머물지 못한 것을 아쉬워하진 않았을까. 일상에 최선을 다하던 할머니가 지키고 싶었던 건 무엇일까. 그 자신이었을 까, 우리였을까. 아픈 중에도 그 마음은 변함없었을까. 그런 게 궁금해진다.

정확하고 예쁜 말

　잠들면 이불부터 걷어차는 아이에게 시원한 여름 침구를 마련해주리라 결심하자마자 우리 부부는 점심 식사를 준비하다 말고 출판단지 아웃렛으로 차를 몰았다. 아이가 어린이집에서 돌아오기 전 침대에 알록달록 요와 이불을 미리 깔아둘 생각에 속절없이 설렜다. 문채는 기쁘거나 슬플 때 자기 감정을 또박또박 이야기한다. 고맙다는 말 대신 에이 뭘 이런 걸 다 사왔어? 하고 말할 일도 없고, 선물이 별로라는 말을 괜히 돌려 그래 예쁘긴 한데 다음엔 상의하고 사! 하고 수작 부릴 줄도 모른다. 고마워요, 아빠. 이 옷은 정말 아름다워요. 제가 세상에서 제일 좋아하는 분홍색이에요. 동화책에서 배운 말투로 자기 속을 표현하는 다섯 살 아이를 두고 눈물이 핑 돌게 감동하는 동시에 언어능력 향상을 위해서라도 동화책을 더 자주 읽어줘야겠다고 다짐하는 내가 싫기는 한데, 문채가 말을 정확하게 하는 사람으로 자라길 바라는 마음만은 꾸준하다. 잔디와의 연애에도 나의 말씨가 도움이 되었다고 생각한다. 막 샤워하고 나와 거울 앞에 서면 평소보다 자기가 훨씬 괜찮아 보이기도 한다는 그 흔한 경험조차 없을 만큼 나는 외모에 자신이 없다. 집 안팎에서 좀 과하다 싶게 씻는 습관은, 못났으니 청결하기라도 해야 한다는 조바심 탓이었다. 하지만 이목구미는 희미해도 말은 구체적으로, 정확히 하려 했다. 다행히 잔디가 정확한 말을 예쁜 말로 받아들이는 사람이어서 내 전략이 성공할 수 있었다.

마음에 드는 아이 이불을 찾으려 아웃렛을 헤매다가 공복에 속이 쓰리기 시작했다. 허겁지겁 눈에 보이는 식당에 들어가 점심을 해결하고 나니 괜히 나와서 시간 버리고 밥값 썼다는 자괴감이 들었다. 그래서 나온 김에 걸어보기라도 하자며 찾은 곳이 근처 지목로였다. 남들 다 가본 파주 유명 카페랑 음식점들이 즐비한 곳이라니 우리도 꼭 한번 가보자 결심만 수십 번 하고 말았는데, 확인해보니 지목로는 우리가 제집처럼 드나들던 출판단지에서 차로 고작 십 분 거리였다. 지목로 유명 카페를 내비게이션에 찍기 전, 여기서 한 시간은 걸릴걸? 하고 잔디가 말을 붙였고 그렇게 멀면 오늘 못 가겠네…… 하고 나는 낙담했다. 대체 우리는 어떻게 된 사람들일까? 길 중간중간 창고 같은 건물이 끼어 있고 공사가 한창인 데도 보여서 약간 어수선하였으나 소문만 듣던 그 빵집, 소셜 미디어로 본 바로 그 음식점이 차창 밖으로 지나가니 신나고 신기했다.

어떤 색이 잘 나가요? 잔디는 옷을 살 때 색깔을 못 정하면 점원에게 잘 팔리는 색을 물어본 다음 굳이 덜 팔리는 색깔 옷을 집어든다. 매번 보는 나야 그러려니 하지만 기껏 추천해줬더니 별꼴이라는 표정을 짓는 점원도 적지 않다. 하여튼 우리는 남들 다 하는 것을 똑같이 하는 데 반사적인 거부감을 가지고 있다(우리는 유치하다!). 그래서 유명한 대형 카페에 들어서기 전부터 실망할 준비를 끝마쳤던 것이다. 음료를 포장해서 자동차에 올랐다. 시동을 걸면서도 라테에 무슨 우유를 이리 많이 넣느냐, 이렇게 달기만 한 카페모카를 사람들은 어찌 다 마시느냐, 우리의 불만은 끊이질 않았다. 결국 차가 주차장을 빠져나오기도 전에 다시는 오지 말자고 합의하고 말았다. 분위기를 탔는지 어쨌는지 나는 괜히 여기 카페 인테리어란 게 실은 서울에 있는 대형 카페들이 예전부터 다 하던 거라는, 근거는 적고 편견은 많은 주장까지 덧붙이고 말았다. 거기까진 잔디가 호응해주지 않았지만 스스로 그렇게 말하고 나니 지목로 카페들의 유명세가 천박한 자본주의와 미디어의 산물이라는 확신이 더욱 굳어졌다.

집으로 가는 차 안에서 우리는 조금 조용해져 있었다. 그러다가 문득 라테와 모카를 바꾸어 맛보고는 서로의 얼굴을 쳐다봤다. 맛있었다! 그러자 단맛도 제대로 못 내는 카페모카가 얼마나 많은지 아느냐고 말한 건 나였고, 우유가 많기는 한데 커피향이 끝까지 살아 있어서 좋다 말한 건 잔디였다. 우리는 유쾌하게 한참을 웃었다. 잔디 무릎 위에는 아까 카페에서 사온 장난감 치즈 모양의 조각 케이크가 문채 몫으로 놓여 있다. 보나마나 아이는 좋아할 것이다. 그리고 편견 없이 정확하고 예쁜 말을 해줄 것이다. 고마워요, 엄마. 이 케이크는 정말 맛있어요. 게다가 제가 세상에서 제일 좋아하는 치즈 모양이네요!

문 닫으면 안 되는데……
시골향기

김치찌개를 끓이려고 참치캔을 딸 때마다 예전에 먹었던 김치찌개가 떠오른다. 고등학교 내내 붙어 다니던 친구네 집에서 먹었던 것이다. 엄마가 반찬으로 만들어둔 두루치기가 짜다며 물을 넣고 간을 다시 해 끓여낸 친구의 솜씨에 놀랐고 기름지고 고소한 국물 맛에 충격을 받기도 했다. 우리집 김치찌개는 담백했다. 국그릇에 1인분 담아내면 손가락 두 마디 정도 크기의 목살이 세 조각쯤 보였다. 그러니까 평소 나 먹던 김치찌개와 친구네 김치찌개는 완전히 다른 음식이었다. 냄비로 향하는 수저를 놓질 못하니 내 칭찬 세례에도 불구하고 친구는 짜증을 냈다. 그걸 니가 다 먹으면 어떡해!

두부 넣은 참치김치찌개를 끓이면 그날은 남편이

과식하는 날이다. 다음날은 라면 사리를 넣어 또 한번 과식한다. 입 짧고 뭘 잘 먹지 못하는 남편에게 연두를 넉넉히 두른 오일파스타와 함께 사랑받는 메뉴다. 오일파스타를 지름 이십팔 센티미터 접시에 산처럼 쌓아주면, 내가 사람인데 이걸 다 먹겠느냐며 매번 진지하게 기분이 상한 티를 잠깐 냈다가 곧, 내가 사람이 아니었네…… 하는 식으로 인정하고 만다. 다른 점이 있다면 김치찌개에 대해서는 그런 군말조차 안 붙인다는 것이고.

난 뭐든 잘 먹고, 먹는 걸 좋아한다. 그런데 또 맛집을 기대하는 사람은 아니다. 뭐가 되었든 맛있어봐야 얼마나 맛있겠어 하는 생각으로 흔히 찾을 수 있는 먹거리에 쉽게 만족하는 편이다. 내가 감동하는 맛이 흔히 찾을 수 있는 것들이 아니라서 그런 것도 같다. 멜젓에 일 년쯤 삭힌 고춧잎장아찌를 살짝 씻어내 양념한 것, 또는 다시멸치와 된장에 버무려 지진 고구마순, 또는 국물 넉넉한 꽈리고추대멸치조림…… 그렇게 한상을 차려내면 남편은 말없이 숟가락을 내려놓고 라면물 올리러 갈 그런 음식들을 좋아한다. 그런데 늘어놓고 보니 멸치 맛을 좋아하는 거구나 싶다.

식당서 반찬을 샀는데 다 들 수가 없으니 와서 좀 들어주고 같이 먹기도 하고 가라는, 앞 동 사는 큰손 누나의 부름에 주차장으로 달려가는 상혁을 나도 따라나섰다. 카페 거리로만 알고 있던 지목로에 이런 밥집이 있었다니? 거대한 항아리에 담겨 등장한 수제비에 상혁은 마음을 빼앗겼다. 이따가는 비빔밥에 딸려 나온 된장찌개에 완전 홀렸다. 수제비에도 된장찌개에도 보리새우가 넉넉히 들어 있어 국물이 깔끔하고 시원했다. 나는 보리밥 정식이 좋았는데, 상추에 비빔밥 한술 얹고 그 위에 쌈장을 올려 먹을 적마다 (밥과) 감동으로 가슴이 꽉 찼다! 이 비빔밥을 꼭 같이 나온 쌈장과 함께 쌈을 싸 드시라고 동네방네 소개하고 또 강조하지만, 다녀온 사람들은 전부 수제비가 맛있다고 한다. 나중에 비빔밥도 꼭 먹어보겠다고 한다. (밀가루를 이기기가 이렇게 힘들다.) 실망하진 않는다. 이 밥집을 열렬히 알리는 진짜 이유가 따로 있기 때문이다.

주문과 상관없이 나오는 기본 찬 중에 시래기가 있다. 코다리시래기조림의 밑재료를 반찬으로도 조금씩 주는 것 같다. 나물과 초고추장을 넣어 비비기 전에,

그냥 보리밥에 시래기를 얹어 몇 숟가락 먹는다. 무청을 옷걸이에도 말리고 빨래 건조대에도 말리던 할머니의 쪼글쪼글 마른 손도 생각나고, 담장에도 항아리 뚜껑 위에도 널려 있던 다른 집 무청도 생각난다. 그렇게 바짝 말린 이파리에, 멸치 맛, 된장 맛, 아무튼 각종 맛 낼 거리를 먹여 다시 살을 찌운 음식. 손도 많이 가고 조리 시간도 길어 혼자 먹자고 내가 해낼 리 없는 그 음식이, 슬렁슬렁 걸을 만한 곳에서 언제나 조리되고 있다는 사실이 배부르게 기쁘다. 세 번 먹고 싶은데 두 번 달라고도 못해본 시래기다. 문 닫으면 안 되는데……

그가 달린 곳은 장릉이었다

파주 장릉

어머님은 사우나를 좋아하신다. 매일 새벽 나는 욕조에 뜨거운 물 받는 소리를 들으며 잠든다. 얕은 기침이 폐렴이 되어 어머님을 오래 고생시키기 전까지, 주말이면 남편은 어머님을 근처 홍삼사우나에 모셔다드렸다. 주말 오전을, 어느 때는 점심시간을 훌쩍 넘겨서까지 긴 시간을 사우나에 바치고 돌아온 어머님은 그곳 시설을 크게 칭찬하시곤 했다.

정작 상혁과 나는 아직 한 번도 사우나에 가보질 않았다. 어머님을 모셔다드리고 돌아온 남편은 매번 돈가스집 이야기만 했다. 홍삼사우나 맞은편에 위치한 백년짬뽕돈가스의 짬뽕과 돈가스를 맛보지 않으면 진정한 파주 시민이라 할 수 없다는 평을 어디선가 읽은 것이다. 우리는 양가 가족과 함께, 때로는 둘이, 외출

했다 돌아오며 잠든 아기를 안고, 수시로 그 음식점을 방문했다. 상혁은 늘 돈가스 이야기를 하였지만 가서 먹는 건 짬뽕이었다. 어쩐지 좀 심심하다는 생각이 드는 붉은 짬뽕 국물을 우리는 싹싹 비웠다.

어머님의 홍삼사우나와 상혁의 백년짬뽕돈가스가 마주한 그 삼거리를 지날 때 내 마음을 끈 것은 밤색 표지판이었다. 파주 장릉. 이런 곳에 능이 있다고? 반문하지 않을 수 없는 그곳에 서서 표지판은 오 년 동안이나 나를 괴롭혔다. 단 한 번도 들러보지 않은 것은 아니었다. 마음을 먹고 카메라까지 챙겨 나섰던 그날은 월요일이었고, 월요일은 휴무였다.

일 년 전 이웃이 된 이슬아 작가가 SNS에 달리기하는 영상을 올렸다. 그가 달린 곳은 장릉이었다. 마음이 급해졌다. 그뒤로 기회만 되면 이야기를 꺼냈는데 이런저런 이유로 집에서 그야말로 코앞인 그곳에 가기가 그렇게 어려웠다. 그러던 중 지난 주말 문채가 말을 꺼냈다. 옛날 사람 집에 가고 싶다고. 아이가 궁금해하는 곤장 맞기 체험은 할 수 없겠지만 사람이 많지 않을 테니 한옥 마루에는 실컷 오르내릴 수 있으리라. 그런 기대로 당장 장릉으로 향했다. 문채는 한복까지 챙겨 입었다.

매표소에는 스탬프 투어 행사가 끝났음을 알리는 표지판이 걸려 있었고, 우리 셋은 파주 시민 할인을 받아(만 6세 이하 어린이는 무료) 천 원에 입장하였다. 너른 흙길을 밟으며 능이 아니라 한옥을 먼저 보기 위해 재실[●]로 갔다. 다른 관광객은 없었으며 날이 좋았다. 덩치 큰 나무들이 역사를 모르는 내게 시간의 위대함을 자랑하는 것 같았다. 아이가 좋아해서 덩달아 좋았는데, 우리가 손을 잡고 순식간에 조선에 도착한 기분이었다. 아이가 마루에 오르고, 방마다 들어가 살피고, 열린 창을 닫아보기도 하며 "그런데 옛날 사람들은 왜……"로 시작하는 질문을 쉬지 않아 좋았다. 방마다 쓰임을 추측하는 일도 한옥에서의 생활을 그려보는 일도 몽땅 즐거웠다. 마당이 넓은 것이 새삼스러웠고 담 안의 텅 빈 땅이 부러웠다. 옛사람들의 생활을 곰곰이 생각해보면 마당 놀릴 틈이 없었을 텐데 그곳에선 그저 한가롭게 거니는 삶만을 떠올릴 수 있었다. 상혁과

● 능 가까운 곳에 제사를 지내기 위해 지은 집.

122

내가 동경하는 삶이 오래전 그 자리에 살았을 것만 같았다.

재실을 빠져나와 능으로 향하는 짧은 길에 아이는 조바심을 내며 도대체 언제 무덤이 나오는 거냐고 서너 번을 물었다. 능이 보이자 아이는 달리기 시작했다. 아무리 날이 따뜻해도 2월의 공기인데 신이 나 찬 줄도 모르고 열심히 달렸다. 그리고 신발이 다 젖도록 바지에 오줌을 쌌다. 거기서 우리의 관람은 끝났다. 급히 돌아온 것은 아니고 속옷을 벗긴 뒤 기저귀를 입혔다. 그 위에 많이 젖지 않은 바지를 탈탈 털어서 다시 입혔다. 신발이 문제였는데 마른 잔디가 따뜻해 맨발로 뛰어놀게 하였다. 그래도 될 만큼 관리가 잘된 곳이었다. 능에 대해선 뒤늦게 찾아보았다. 인조와 인열왕후가 합장된 곳, 유네스코 세계유산. 나에게 유익한 정보는 아니었다. 걷는 것만으로 충분히 좋은 곳이어서 따뜻한 날에 상혁과 둘이 다시 찾고 싶다.

파주 장릉에 다녀와 자꾸 떠오르는 것은 이상하게도 스탬프 행사 종료 안내문이었다. 재실과 능, 능이 거느리는 부속 건물(수라간과 수복방이 능을 지키는 정자

각 좌우에 서 있다)이 전부인 작은 사적에서 어떻게 스탬프 행사가 가능했을까 하는 의문이었다. 찾아보니 전국의 조선 왕릉을 대상으로 한 것이었다. 전국 규모의 행사라니 이건 또 지나치다는 생각에 웃음이 났다. 어린 시절의 문화재 견학은 소박했다. 친구들과 우르르 몰려다니며 선생님께 받은 프린트물에 적힌 곳을 찾아가 안내문을 읽고 문제를 풀었다. 그리고 스탬프를 찍었다. 원하는 건물을 빨리 찾겠다고 친하지도 않은 다른 반 친구들과 거리낌없이 정보를 공유했다. 나는 그런 이벤트가 정말 좋았다. 뛰어다니기만 해도 넓고 복잡한 곳이 속속들이 이해되었다. 문제가 척척 풀리고, 두 다리로 달려서 내 몫을 해냈다는 자부심이 차올랐다. 미션 종료까지 남은 시간이 충분할 땐 여기저기를 기웃거리며 슬슬 걸었다. 내심 즐거우면서도 지루하다고 투덜거리는 것이 견학의 맛이었다. 그런데 실컷 뛰고 지루할 만큼 걷기에 파주 장릉은 너무 작지 않나? 스탬프 행사가 꼭 단체 견학 온 학생을 대상으로만 진행되진 않을 텐데 얼굴도 모르는 친구들이 걱정되었다. 학생들이 나와 같은 기쁨을 자꾸 느꼈으면 좋겠다.

우리는 능을 감싸고 크게 도는 긴 산책로를 걸어보

지 못했다. 그곳을 다 돌아볼 수 있었다면 스탬프 행사
종료 안내문이 마음에 남지 않았을지도 모르겠다.

자기 삼촌이 최용수인데 아느냐고

NFC

통일전망대로 향하는 길에 축구 국가대표팀 트레이닝 센터 표지판을 보았다. 축구에 전혀 관심이 없는데 눈길이 갔다. 유아숲체험원으로 가는 길에 야구장을 내려다보며 저 감독이 나만 모르는 유명한 사람은 아닐까 걱정했던 것처럼, 훈련원 표지판을 보면서도 엄청나게 인기 있는 축구선수를 마주치고도 몰라볼까 걱정하고 있었다. 궁금해한 적 없는 분야의 유명인을 길에서 마주친다 한들 내게 좋을 것이 무엇이라고. 국가대표훈련원이 하필 필승로에 있다니 너무 기합이 들어간 조합 아닌가 생각하며 웃었다. 하찮은 생각을 떨쳐버리고 싶었다. 그런데 엉뚱한 기억이 떠올랐다.

어린 시절을 보낸 면목동 어느 골목 이층 주택 앞에는 큰 평상 하나가 놓여 있었다. 이른 새벽부터 동네

어른들은 거기에 모여 앉아 같이 쪽파도 다듬고 맞은
편 과일가게에서 내온 참외도 나눠 먹곤 하였는데 그
자체로 치안 기구였으며 보육시설이었다. 아이들이 문
방구에서 동그랗게 오려내는 딱지를 사다가 놀건, 쇠
로 된 팽이에 줄을 감아 놀건, 줄넘기를 하건 어른들은
둘씩 불러다가 경쟁을 붙이곤 했다. 승부욕이 강했던
유년의 나는 여자라고 지면 못쓴다는 할머니들의 혼내
는 듯한 응원의 말이 좋았다. 동갑내기 남자애 하나와
번갈아 승패를 나눠 가지며 자랐다. 팽이나 미니카로
싸우면 그애가 이겼고, 딱지나 줄넘기로 싸우면 내가
이겼다. 친구로 불리다가 빠른 연생인 그애가 학교에
일찍 들어가자 오빠라고 슬쩍 호칭을 바꾸는 어른들이
미웠다. 사소한 걸 아무리 이겨도 큰 싸움에서 진 것
같았다. 오빠로 불릴 때마다 어깨를 살짝 들어올리는
그가 얄미웠고 차마 입이 떨어지질 않아서 한 번도 그
애를 먼저 불러본 적이 없다. 그래도 평상 앞에서 자주
맞붙다보니 은근한 애정도 생겨 학교에서 마주치면 서
로를 의식하고 있다는 걸 드러내느라 유치한 말과 행
동을 또 나눠 가졌다. 친구는 아니었지만 친구가 아니
라고 말하기도 어려운 채로 컸다. 고학년이 되어갈수
록 관계가 어색해졌다. 마주치면 의식하는 건 여전했

지만 부끄러운 말과 큰 목소리를 주고받는 대신 서로의 눈길을 피했다.

그애에겐 우상이 하나 있었다. 친하지도 않은 내게 자기 삼촌이 최용수인데 아느냐고 물어온 적이 있다. 나는 모른다고 답했다. 어느 날 조회 시간에 올려다본 텔레비전 속에 그애가 등장했다. 전교 회장에 입후보한 것이었다. 전교생을 웃긴 재주로 그는 회장에 당선되었다. 두 번이나 호칭을 선점했으니 그애와 나의 승부는 2:0이라고 생각할 수밖에 없었다. 그리고 곧 그의 삼촌 이야기가 떠돌았다. 너무나 유명한 축구선수라고 했다. 그때의 나는 몰랐지만 내가 모르는 것과 상관없이 유명한 선수. 나는 그와의 대결을 그만두었다. 더는 평상 앞에서 겨룰 일도 없었고 마주치면 민망할 뿐이었으니 우리는 모르는 사람이 되어가는 중이었다. 그런데도 일방적으로 세 번이나 패배한 나는 그애가 잘난 체한다고 느꼈다. 나이나 삼촌으로 승부를 거는 건 치사하지 않나 억울했다. 전교생에게 인기인이 된 그애가 나의 눈길을 피할 때마다 속이 상했다. 내가 미련이 남았듯 그애도 나와의 승부에 마음이 남아, 친하지 않았지만 친구였던 때처럼, 우리 삼촌이 최용수인

데 이제는 아느냐고 물어오는 상상을 여전히 멈출 수
가 없다.

강아지를 데려와도 아무도 뭐라 하지 않는

파주 프리미엄 아울렛

보들레르나 벤야민의 책에서 읽은 19세기 파리 '파사주'의 모습은 대단히 매력적이었다. 파사주란 통로 혹은 길이라는 의미의 프랑스어인데 길게 늘어선 상점가를 유리 지붕으로 덮어둔 형태를 뜻한다. 우천시에도 마음껏 쇼핑과 산책을 즐겼을 19세기 사람들을 상상하면 괜히 나까지 마음이 설렌다. 하지만 진실로 나를 매혹한 풍경은 밤의 파사주였다. 가스등을 여기저기 걸어둔 거리로부터 밤은 아예 밀려난 듯 보이고, 극장과 서점과 상점 들이 밤새도록 화려하게 반짝이고, 시민들은 여기저기 놓인 야외 테이블에 커피와 담배를 두고 앉아 아침이 밝도록 이야기를 나누었을 것이다. 물론 이런 상상이 당시의 파리와 얼마큼 닮아 있는지는 알 길이 없지만 내가 생각하는 파사주는 유리와 대리석과 빛으로 만들어진 거리로서 밤이라는 깜깜한 공간 속에 사치품처럼 놓여 있다.

'파주 프리미엄 아울렛'은 이름이 마음에 들지 않는다. 파주는 지역명이니 그렇다고 치고 '아울렛'은 아웃렛(outlet)의 비표준어지만 거대한 할인 매장 정도의 뜻으로 다들 사용한다. 그럼 상호명이 '프리미엄'이란 건데 그렇다면 엄청나게 성의 없어 보였다. 앞에 '신세계' 같은 브랜드라도 넣든가 하지. 그럼에도 집터 바로 옆에 규모 있는 아웃렛이 있으니 동네 망할 일은 없겠다는 막연한 안도감을 느끼며 우리 부부는 조금이나마 가벼운 마음으로 이사를 감행할 수 있었다. 동네가 망한다는 게 구체적으로 무슨 뜻인지도 모르면서. 그게 대체 무엇인지 더 알아볼 의지도 없으면서. 이사 오고 얼마 동안 번듯한 아웃렛 건물을 올려다보며 어찌되었든 여기를 자주 이용하는 파주 시민이 되리라 마음먹곤 하였다.

집 지을 땅을 계약하는 날에 아웃렛 쇼핑도 해보자는 계획을 세우고 컴퓨터 앞에 앉아 정보를 검색했다. 방문자 리뷰를 읽다가, 하늘을 보며 쇼핑하는 기분이 최고!라는 오래된 광고 같은 문구를 보았을 때 나는 곧

바로 파사주를 떠올렸다. 다음날 잔디와 그곳을 걸으며 우리는 연신 와와, 하며 감탄했다. 내 머릿속 아웃렛이란 옷더미가 산처럼 쌓인 가판 같은 곳에 사람들이 팔을 집어넣고 마구 휘저어가며 자기 사이즈를 찾는 장소였다. 하지만 그곳은 대리석처럼 보이는 벽과 바닥이 깨끗하게 놓여 있었고, 유리 지붕은 없지만 개방된 중앙 통로를 따라 상점들이 길게 이어지는 회랑 형태여서 멋스러웠다. 모종의 열등감 탓에 좋은 물건은 다 백화점에만 있는 줄로 알고 살아왔기에 없는 돈에도 잔디 옷이랑 구두를 사야 하는 날이면 명동이며 청량리며 멀리 용인도 마다치 않고 다니곤 했는데. 이제 결혼도 했으니 아웃렛 물건도 척척 잘 고르는 합리적인 소비로 돌아서야지 결심한 것은 그날 아웃렛의 기억이 좋았기 때문이기도 하다.

시간이 지날수록 우리는 출판단지에 있는 '롯데 프리미엄 아울렛'으로, 일산 킨텍스로, 고양시에 새로 들어선 스타필드로 조금씩 발걸음을 돌렸다. 음식은 롯데 쪽이 낫고, 이것저것 사기엔 킨텍스가, 장난감이든 전자기기든 예쁘고 비싼 물건을 살 땐 스타필드가 좋았다. 그렇지만 살구와 가장 편하게 걸을 수 있는 곳은 언제나 집 앞 아웃렛이었다. 이것이 우리 부부에게는 중요했다. 강아지를 데려와도 아무도 뭐라 하지 않는 이곳을 좋아하지 않을 수 없었다. 사실 강아지보다 신난 건 우리였다. 살구를 집에 혼자 두기 싫어서 외출 자체를 포기하며 살던 시절이 있었다. 지금 돌아보면 정말 그런 시절도 있었군 싶다. 요즘은 제멋대로 뛰고 매달리는 아이 하나 건사하기가 힘들다보니 코앞에 있는 아웃렛을 가도 살구는 집에 남는다. 둘러댈 생각은 없다. 살구 죽으면 나도 죽어 하던 마음이 어느새 온데간데없다는 것, 문채가 태어난 후로 어느 날은 살구의 눈 한번 안 쳐다보고 잠든다는 것을 분명히 의식하며 산다. 죽고 못 살던 그 감정이 감쪽같이 사라져버려 종종 낯설고 슬프다.

시간을 되돌린다면 언제로 가고 싶으세요? 몇 해 전 부산 손목서가 낭독회에서 진행을 맡은 유진목 시인이 이런 질문을 던진 적이 있다. 그때 나는 돌을 막 넘긴 아이를 떠올리며 이렇게 대답했다. 아이가 생기니 시간을 돌리겠다는 생각은 안 하게 되네요. 시간 돌렸다가 지금 내 아이가 안 태어나면 어떡해요, 저 죽어요. 이 말이 너무나도 진심이어서 그날 눈물을 참아야 했다. 그런데 문득 살구 생각이 났다. 살구에 대해 이런 생각을 해본 적은 없었구나, 살구 죽으면 나도 죽어 말하던 건 가짜였구나? 며칠 전에 청경채와 맥주 사겠다고 잔디와 둘이 아웃렛에 나갈 때도 자연스럽게 살구는 집에 남아 있었다.

여기까지 쓰고는 옆에서 교정 보고 있는 잔디에게 말을 걸었다. 우리 앞으로는 살구 데리고 아웃렛 가자. 잔디가 이쪽을 쳐다보고 다 알겠다는 듯이 고개를 끄덕이더니 문득 울상이다. 살구는 키보드를 두드리는 잔디의 무릎 위에 잠들어 있다.

웃다 마는 사람

낡은 주택과 빈 점포 즐비한 거리는 낯설고 그래서 때로 매혹적이다. 하지만 도심부 바깥의 저개발과 과소화의 표지 앞에서 즉흥적 감상부터 내놓는 게 바람직할 리 없다. 처음 이사 오고 걸었던 약산로가 신비했던 이유도 천박한 것이었다. 비슷비슷하게 지은 아파트에서만 살아온 탓에 주인 취향에 따라 이런저런 색으로 칠한 집들이 낮은 지붕을 맞대고 늘어선 풍경을 초심자가 현대미술 보듯 낯설게 쳐다본 것은 아닌지. 타인이 사는 공간을 편견에 따라 볼품없다고 여겼으며, 그렇게 멋대로 규정한 볼품없음을 낭만적 미의 범주에 귀속시켰을 것이다. 실제로 약산로엔 깨끗하게 관리된 주택이 더 많고 한 자리를 오래 지키며 장사하는 가게도 허다하다. 몇 년 전부터 문채를 어린이집에 데려다주게 되면서 훨씬 자주 걸어본 약산로는 더는 낯선 곳이 아니다.

  길을 지나다보면 평상을 내놓고 식물을 말리는 어르신도 있고 대문을 열어놓고 마당에 앉은 아이들도 있다. 주택가여서 원체 조용한 편이었는데 코로나 이후에는 얼마 없던 술집 밥집도 폐업한 곳이 많아서 저녁이 가까울수록 인적은 더욱 드물다. 그래도 으슥한 분위기가 아닌 게 약산로엔 늦도록 환하게 불을 켜둔 편의점이 다섯 이상이다. 종종 잔디가 밤늦게 과자나 맥주 심부름을 시키면 군말 없이 나가는 것도 다 잠깐 걷기 좋은 약산로가 있어서다. 처음 들른 편의점에 찾는 물건이 없을 때 나는 굳이 잔디가 말한 그 상표의 그 물건을 찾겠다고 다음 편의점, 또 다음 편의점으로 향한다. 대충 비슷한 물건을 사가더라도 잔디는 개의치 않을 것이다. 주머니에 넣어온 담뱃갑을 만지작거리며 걷는, 나는 한밤의 시간 낭비가 즐거울 따름이다.

  언젠가 조촐한 연말 술자리에서 맞은편에 앉은 박준 시인이 했던 말. 좋은 사람들 만나면 술은 끝까지 마시는 게 좋더라고요. 예전 같으면 무슨 쌍팔년도 낭만이냐며 귓등으로 들었을 텐데 그날은 그가 대수롭지 않게 흘린 말이 만나는 내내 귓가를 맴돌았다. 대리운전 비도 아깝고 남이 내 차를 모는 것도 싫은 게 나다. 다음날 저녁까지 숙취에 시달리면 밀린 마감은 어쩔 것이며 아기 목욕은 누가 시킨단 말인가. 만취해서 몸도 가누지 못하면 그건 또 무슨 민폐란 말인가. 그렇지만 그날 술자리를 함께한 시인 가운데 나보다 덜 바쁜 사람은 한 명도 없었다. 가장 안 바쁜 내가 가장 안 취하며 버티고 있었다.

매번 이런 식이다. 군대에 있는 동안에도 종종 벌어지는 술자리를 마음껏 즐겨본 적이 없다. 노는 동안에도 술 깨면 해야 할 일들부터 눈앞에 선했다. 술을 마셔본들 변할 리 없는 상황이 갑갑했다. 글을 쓰기 시작한 후에도 비슷했다. 등단 전에는 등단 전이라서 아무리 마음에 드는 시를 써도 기쁘지 않았다. 데뷔 직후엔 아직 시집이 없어서, 첫 시집을 내고 나서는 아직 널리 읽히지 않아서 마음이 무거웠다. 시집 세 권을 내자 산문집이 없는 게 영 걸렸으며 막상 급하게 첫 산문집을 내니 주제가 '만화'로 한정된 것이 거슬렸다. 습작기에 처음으로 만족할 만한 시를 쓰고, 그러다가 데뷔해서 축하를 받고, 서점에 꽂힌 첫 시집을 보는 경험은 하나같이 기뻤다. 기뻤으나 나는 또한 초조하거나 우울했다.

자정이 다 되었는데 침대에 누워 한 시간 넘게 뒤척이던 문채가 결국 배고프다며 칭얼대기 시작했다. 약산로 편의점으로 나가 아이에게 줄 구운 달걀을 구해왔다. 자는 시간을 훌쩍 넘겨 엄마 아빠와 어두운 식탁에 둘러앉은 게 아이는 무척 즐거웠나보다. 문채가 삶은 달걀을 손에 쥐더니 제 머리통을 콱 쥐어박는다. 껍데기는 깨지도 못하고 그저 얼얼해진 머리를 만지며 멀쩡한 알을 노려보는 아이가 예뻐서 잔디와 나는 웃음을 터뜨렸다. 아빠 기분 정말 좋은가보다! 저렇게 웃는 거 평생 서너 번밖에 못 봤어! 잔디가 문채를 향해 그렇게 말하며 다시 웃기 시작하자 아이도 신나게 따라서 웃는다. 술도 마시다가 말고 즐거워도 웃다가 말았던 나는, 괜히 혼자 민망해져서, 문채가 하듯 구운 달걀 하나를 높이 들어 내 머리통에다 콱 찍었다. 자정이 넘은 건 신경도 안 쓰고, 우리는 힘껏 웃고 마음껏 먹었다.

그래도 좀 작은 게라면

파주출판도시

화려하고 매끈한 것에 혹하는 이 천박함을 어찌해야 할지 모르겠다. 출판도시를 좋아하는 이유가 그런 내 취향 탓일까봐, 이번에는 합당한 다른 이유가 있음을 분명히 하려고, 옆자리 잔디에게 말을 붙여보았다. 차를 몰아 문발로를 지나는 길이었다. 나 번지르르한 거 엄청 좋아하잖아, 그래서 물건을 사도 금색만 집고. 그런데 출판도시엔 스토리가 있더라고? 내가 찾아봤거든? 이천년대 전후로 출판사들이 들어오기 시작했는데, 여기가 원래 늪지대였대. 그래서 지금도 늪에 사는 게들이 돌아다니다가 차에 치여 죽는다더라? 옆으로 기는 꽃게 그런 거. 아무 대답을 안 해서 마구 주워섬긴 소리였는데, 해 떨어지면 도로에 게가 출몰한다는 얘기는 당최 누구한테 들었는지 기억이 없다. 내가 늪 이야기에서 게를 떠올릴 만큼 창의적인 사람도 아니니 그저 지어낸 이야기는 아닐 텐데. 하여튼 한참 뒤에 돌아온 잔디의 답은 시큰둥했다. 니가 황금색을 좋아하긴 하지.

나는 꽃 예쁜 걸 모르는 사람이다. 생전 꽃이 예쁘다는 생각을 해본 적이 없어서 꽃 좋아하는 옆 사람을 섭섭하게 만든 게 한두 번이 아니다. 나는 나무 좋은 줄도 모르고 돌 아끼는 마음도 없다. 굳이 해가 좋은 날을 챙겨서 산책을 나가려는 잔디의 기분도 여전히 헤아리기 어렵고. 어찌어찌 밖으로 끌려나가면서도 해가 쨍한 날이 어째서 좋은 날씨냐며 속으로는 거듭 항의한다. 나는 구름 많고 해 없는 날이 좋다. 온도와 습도가 다 높은 중에 나무들 흔들리게 바람이 부는 날은 더 좋다. 비가 올 것 같은데, 그렇게 올 것 같기만 하다가 마는 날씨는 최고다. 내가 처음 출판도시를 걸을 때의 하늘이 딱 그랬다. 반듯한 아스팔트 도로와 콘크리트 건물, 철로 만든 다리들, 그리고 적당한 규모와 형태로 정돈된 꽃과 나무들이 좋았다. 자연이 아무렇게나 불쑥 제 얼굴을 들이밀지 않는 곳, 자연이라는 무질서가 공원과 조형물의 안쪽에서 잘 다스려지는 곳이 내가 생각하는 파주출판도시의 아름다움이다.

지금껏 묘사한 출판도시의 모습에 전혀 동의하지 않는 사람이 꽤 있으리라 본다. 거기 풀이랑 나무가 얼마나 많은데 말도 안 되는 소리를 하느냐고 해도 어쩔 수 없다. 여기에 있는 것은 자연이 아니다⋯⋯ 나에게 자연이란 낯선 새들과 새만한 벌레들이 갑작스럽게 튀어나오는 곳이다. 어릴 적엔 매년 어머니를 따라 오산리 금식기도원이란 곳을 다녔다. 서울 동쪽 끝에 살던 초등학생에게 그곳은 멀고도 험해서 오지 중 오지나 다름없었다. 새벽녘 집을 출발해 두 시간 가까이 시내버스에 실려 여의도에 도착하면 교회 버스가 있었고, 그 버스를 타고 다시 서너 시간을 더 들어가야 했다. 그럼 그곳에 진짜 자연이 있었다. 3박 4일 정도는 금식하며 기도하길 권하는 곳이었지만(어머니는 매번 해냈다!) 나는 두 끼만 굶어도 속이 요동치고 눈앞이 깜깜해졌다. 기운 없이 강당에 모포 깔고 앉아 있는 어머니를 내버려둔 채, 혼자 기도원 이곳저곳을 돌아다니다가 미리 챙겨둔 식권을 잔치국수와 바꾸어 먹고는 했다. 하지만 가장 선명한 기억은 게눈 감추듯 몰래 먹었던 기도원 잔치국수도, 어린 나에게 보물 상자처럼만 보였던 율무차 자판기도 아니다. 운동화를 신으려는데 그 속에서 튀어나온 손바닥만한 귀뚜라미, 대강당 유리벽에 붙어서 심장을 떨어지게 했던 어른 머리통만한 나방은 결코 잊을 수가 없다.

출판도시엔 손바닥 귀뚜라미도 머리통 나방도 없기에, 나는 이곳에 있는 꽃과 나무와 돌을 방심한 채로 바라보고 또 만져보기도 한다. 조금 한심하지만 아마도 그런 것이 내가 원하는 자연이며, 자연이 선사하는 평화로운 휴식일 것이다. 하지만 얼마 전에 어디서 들은 대로라면 어처구니없게도 이곳에는 게가 살고 있다. 잔디의 인터넷 검색 결과에 따르면 보리출판사 옆쪽으로 습지가 있어서 그곳에 가면 정말로 게를 볼 수 있을지도 모른다. 그 게는 귀뚜라미보다, 나방보다 클수도 있다. 아들이 움직이는 야생 게를 보면 좋아할 것이 분명하니 싫어도 가보긴 가봐야 할 것 같다. 내가 운전하고 아내와 아이만 거기 내려주는 방법도 있다. 그래도 좀 작은 게라면 나도 한번 만져보거나 할 수 있을 텐데 싶다.

아빠는 취해서도 내 텐트였다

밀크북

아이가 가진 그림책 가운데 '바바파파 시리즈'가 있다. 바바 가족은 원하는 대로 형태를 바꿀 수 있는 색색의 생명체다. 이들의 변신 능력엔 별 제약이 없어서 매번 기발하고 놀라운 일들을 벌이는데 그 목적이 하나같이 선하다. 계단이 되어 화재로 건물에 갇힌 사람들의 탈출을 돕고 바닷길을 막아 어선으로부터 해양 동물들을 보호한다. 아빠인 바바파파가 비행기가 되어 가족 모두를 태우고 아무도 없는 섬으로 여행을 떠나기도 한다. 어쩐지 말랑말랑할 것 같은 이 따뜻한 가족으로부터 우리 가족은 많은 즐거움과 큰 위로를 얻었다.

어린 바바주가 혼자 숲으로 모험을 떠나기로 한다. 가족들은 그가 모르게 모험을 함께하며 비바람을 막아주고 음식을 제공하여 멋진 하루를 보낼 수 있게 돕는다. 시리즈 중 한 권인 『바바 가족과 숲에서 살아남기』
의 이야기이다. 여행에서 돌아온 바바주를 기쁘게 맞
이한 바바 가족은 그의 여행담을 모르는 이야기인 양
즐겁게 듣는다. 나는 이 책을 읽을 때마다 아이가 바바
주에 이입하기를, 바바파파와 바바마마가 다름아닌 남
편과 나라고 느끼기를 바랐다.

주야장천 바바파파만 읽고 바바파파 피규어로 상황
극을 하며 놀던 아이가 이제는 그 세계에서 빠져나왔
다. 그래도 그 이야기가 아이의 가슴속 어딘가에 남아
힘든 순간 가족을 떠올리며 안심할 수 있기를 바란다.
아이가 하나에 몰두하다 돌연 그만두는 때마다 큰 걸
잃고 작은 걸 얻는 기분이다. 책장을 넘기듯 너무 쉽게
한 시기를 훑고 지나온 것만 같아 쓸쓸해진다. 시간이
흐르는 걸 아쉬워하지 않을 만큼 아이의 매 순간을 꼼
꼼하게 기억하기란 불가능해서 아직은 내가 아이의 보
호자라는 것, 여전히 아이가 내 품에서 배워야 할 것이
많다는 사실을 위로 삼을 수밖에 없다.

어린 시절 아빠에게 아주 큰 사랑을 받았다. 특별한
몇 날을 떠올리며 하는 생각이 아니라 늘 관심과 사랑

속에 커왔다는 느낌이다. 바바파파가 잠든 아이들을 위해 텐트가 된 것같이 아빠도 내게 부는 바람을 기꺼이 막아주었다. 봉제 공장 사장님인 아빠는 어린 나에게 용의 꼬리가 되지 말고 뱀의 머리가 되라는 말을 자주 했다. 딸에게 하던 당부를 지키느라 주변 공장들이 하나둘 문을 닫을 때에도, 그만큼 봉제업의 사정이 좋지 못할 때에도 아빠는 공장을 지켰다.

재단하는 아빠와 봉제하는 엄마는 공장 운영을 두고 거의 매일 싸운다. 엄마가 주도하면 돈을 잘 벌 것 같은데, 사람을 믿고 의리를 지키는 아빠의 사업 방식을 아무래도 미워할 수가 없다. 엄마가 매번 아빠에게 지는 것이 아빠의 고집 때문만은 아님을 안다. 공장의 재단 작업은 상당한 체력을 요하는 일이다. 거대한 재단판 위에 천을 깔고, 겹쳐 깔고, 겹쳐 까는 작업을 수시간 한 뒤에야 옷이 될 조각들을 자를 수 있다. 수백 겹의 천을 쌓는 단순하고 지루한 작업을 지켜보면서 아빠가 가진 쓸쓸함과 외로움을 조금 이해하게 되었다. 재단판 한쪽 끝에 서서 반대쪽으로 넓은 천을 던지고 긴 자로 천 위를 가만히 쓸어 평평하게 만드는 일. 깔린 천과 새로 덮이는 천 사이로 공기가 빠져나가며

들썩이는 모양이 꼭 파도 같아서 아빠의 일은 감정과
육체를 함께 쓰는 일임을 알게 되었다.

　아빠는 매일 소주를 마신다. 일이 많았던 날엔 조
금 더 마신다. 노동의 고통을 이기게 하는 알코올임을
모르지 않지만 걱정이다. 아빠는 나를 돌 무렵부터 점
퍼 속에 품어 술자리에 데리고 다녔다고 한다. 술자리
는 언제나 지루했지만 여섯 살 즈음부턴 어른들 사이
에 끼어 앉아 안주를 집어먹으며 예쁨받는 걸 좋아하
게 되었다. 그날도 아빠를 따라 곱창집에 갔던가. 아무
튼 술자리가 길어져 잠이 들었다. 집에 가자고 흔들어
깨워 일어났는데, 아빠 모습이 그리 취한 것 같지 않았
다. 그런데 사람들과 헤어지자마자 몸을 거의 가누지
못했다. 아빠의 몸이 믿을 수 없이 무거웠다. 힘에 부
쳐 아빠를 문구점 앞에 쪼그려앉게 했더니 긴장을 풀
고 더 취해버리는 듯했다. 잠깐 어쩔 줄 몰라 하다가
아빠 곁에 앉았다. 거리에 사람이 하나도 없는 밤. 그
밤이 무섭지가 않았다. 늦가을이어서 입김이 날리고
하늘은 맑아 별이 많았다. 차가운 공기를 깊이 들이마
셨고 속이 깨끗해지는 기분이 좋았다. 아빠는 취해서
도 내 텐트였다. 나이든 아빠가 여태 그러하듯이.

한동안 주말마다 회동길에 갔다. 회동길엔 좋은 곳이 참 많다. 단정한 공간에 끌려 찾게 되는 영화관(명필름아트센터), 실내보다 앞마당이 더 마음에 드는 도서관(지혜의숲), 움직이는 공룡들이 있는 쇼핑몰(롯데 프리미엄 아울렛), 고래 뱃속을 드나들 수 있는 박물관(피노지움) 그리고 밀크북도 있다. 밀크북은 빵과 커피와 동화책을 판매하는 카페다. 어린이들은 마음껏 각종 전집을 열람할 수 있다. 우리는 매 주말 그곳에서 빵을 먹으며 바바파파를 읽었다. 우리집에 없는 백 권짜리 전집을 몇 번이고 읽었다. 아이가 즐길 것이 있는, 눈치 보지 않아도 되는 카페가 가까이 있다는 건 축복이다. (근래 카페 이층에 어린이 영화관까지 문을 열었다!) 주말에 밀크북을 찾으면 책 읽는 가족을 잔뜩 볼 수 있다. 아이들이 인사를 나누고, 서로가 읽는 책을 훔쳐보며 궁금해하고, 다른 가족의 부모가 읽어주는 책을 곁에서 엿들을 수 있는 곳이 한국에 얼마나 있을까. 아이에게 책을 읽어주는 아빠 엄마의 목소리는 하나도 빠짐없이 다정하다. 그 다정 속에 아이들이 자란다.

숀 펜 알지?

지혜의숲

　시인이 책 읽고 글 쓰는 것을 대수롭게 여길 사람은 없겠지만 그 대수롭지 않은 일이 내게는 한 번도 수월하지 않았다. 책은 몇 장 들춰보다가 조금이라도 알겠다 싶으면 금세 덮어버리지, 글은 토씨 하나에도 신경이 쓰여 좀처럼 진도가 나가질 않는다. 잠은 또 얼마나 많은가. 열 시간 내내 꿈속만 헤매다가 잠깐 일어나 삼십 분 간식 먹고 볼일 보고 다시 누우면 내처 열 시간 더 자버리는 사람이 바로 나다. 살면서 심심하다고 느껴본 적도 별로 없다. 심심하면 휴대전화나 만지작거리면 된다는 말이 아니라 아무 일 없이 그저 앉아만 있는 시간조차 전혀 무료하지 않다는 뜻이다. 자거나 공상하는 일로 하루를 다 보내는 나를 보고 잔다는 달팽이 같다고 한다.

부끄럽지 않으려고 그나마 성실하게 산다. 데뷔 전에는 이것저것 많이 읽는 최호빈 시인이 참 껄끄러웠다. 매주 한 번씩 만나 밤새도록 술 마시며 시답잖은 농담이나 주고받다가 집으로 돌아가는 건 나와 다를 바 없는데, 다른 날 어쩌다 연락이 닿으면 호빈은 대개 도서관이었다. 버스를 서너 번이나 갈아타는 수고도 문제가 아닌 듯했다. 고작 책 한 권, 논문 한 편 빌리러 서울 곳곳에 숨은 대학 도서관을 잘도 오가곤 했다. 대화중 그가 무심코 언급한 작품과 작가, 철학자를 알아두려고 얼마나 신경을 곤두세웠는지 모른다. 그래서 그와 만나면 즐거웠다.

파주로 오고 나서는 더더욱 읽고 쓰기에 성실한 사람들뿐이다. 근처 사는 작가들은 그렇다 치고 잔디의 독서량도 따라잡질 못한다. 무슨 책을 그리도 매일 들여다보는지 얄미울 때가 많다. 책은 좋아도 도서관이 싫은 잔디와 책엔 시큰둥해도 깨끗하고 조용한 도서관이라면 사족을 못 쓰는 내가 조금씩 양보해서 가는 곳이 출판도시 지혜의숲이다. 처음 들어서서는 까마득히 높은 책장을 올려보며 책을 저런 데 꽂아두면 누가 꺼내 읽느냐고 입 모아 투덜댔으면서, 우리는 곧 저런 게 낭만이지 멋이지 하고 호들갑을 떨었다. 어딜 가면 나는 화장실부터 확인하고 잔다는 의자부터 앉아본다. 좋다, 나중에 또 오자. 그때는 아이와 함께 오리라고는 상상도 못했다. 우리에게 중요한 것이 화장실도 의자도 아닌 솜사탕 팝업 스토어가 되리라는 사실도 몰랐고.

몇 년 전 여름밤, 유희경, 서효인 그리고 나까지 셋이 이곳에서 낭독회를 한 적도 있다. 해방촌에 위치한 서점 고요서사의 차경희 대표도 있었다(그는 행사의 기획자였는데 첫인상은 우선 하얬고 무척 용감해 보였다). 그날 무대 위에서 어떤 시를 읽었고 무슨 얘기를 주고받았는지는 잘 모르겠다. 다만 적당히 듬성듬성한 관객석을 바라보며 민망할 정도로 사람이 적지는 않다고 안도했던 기억만 생생할 뿐이다. 그리고 또하나. 행사를 마치고 야외로 나가 엄청나게 커다란 보름달 밑에서 비흡연자 효인을 보릿자루처럼 세워두고 희경과 담배 피우던 장면을 잊을 수가 없다. 내가 담배 두 개비를 연거푸 피우도록 멀뚱히 서 있던 효인과 서점을 오픈한 지 얼마 되지 않아 지금보다 더 웃음이 헤펐던 희경을 바라보면서, 예전 호빈이 그랬듯 이 친구들이 앞으로 나를 부끄럽고 즐겁게 만들 것이라 짐작했다.

아무래도 즐거움보다는 부끄러움이 기억에 오래 남는다. 며칠 전 희경이 자기 서점에 놀러온 나의 귓가에 작가 이름 하나를 벼락처럼 떨어뜨렸다. 숀 펜 알지? 분명히 그렇게 들렸는데 내가 아는 영화배우 숀 펜일 리가 없었다. 조금 망설이다가 누구지? 되물으며 빨개진 얼굴을 친구도 눈치챘을 것이다. 집에 와서 다시 찾아보고 그나마 시인이 아니어서 다행이라고 생각했다. 숀 탠, 숀 탠. 그나저나 저날의 복수를 내가 언제 해보려나.

공간은 그냥 사라지지 않는다

피노지움

꽤 멋진 곳에서 중학생 시절을 보냈다. 봄이면 교문부터 교실로 향하는 언덕길에 벚꽃잎이 흩날렸고 언덕을 다 오르면 버드나무, 향나무 따위가 머리를 숙이고 있는 작은 연못이 보였다. 사철 푸른 나무도 사철 모습을 바꾸는 나무도 모두 키가 컸다. 학교 곳곳에 벤치가 놓여 있어 그리 활발한 성격이 못 되어도 쉬는 시간을 바깥에서 보내는 게 자연스러운 곳이었다. 학교는 고등학교와 운동장을 사이에 두고 도서관, 음악실, 대강당, 매점 등의 주요 시설을 공유했다. 매점이 고등학교와 붙어 있어서 쉬는 시간이 빠듯한 게 늘 불만이었지만 가끔 특별한 수업이 잡혀 교과서를 들고 언니들의 건물로 걸어가는 길은 어쩔 수 없이 설렜다. 과학실 특유의 스산한 느낌 때문인지, 교실에선 느낄 수 없었던 선생님의 자연스럽고 큰 움직임 때문인지, 처음 이동

수업을 진행했던 생물 시간이 유독 기억에 남는다. 과학실에 들어온 아이들이 조용히 자리를 찾아 앉는 동안 선생님은 개수대 앞에서 걸레를 빨며 뒤 한번 돌아보지 않았다. 꽉 비틀어 짠 손걸레 서너 개를 손에 들고 그는 수업종이 치고 나서야 칠판 앞에 섰다. "사람은 무슨 일에든 정성을 다해야 한다고 생각해요. 누가 이 걸레로 내 얼굴을 닦아보래도 나는 거리낌이 없어요." 인사도 없이 그리 말하고 이를 드러내며 웃던 중년의 얼굴이 선명하다.

과학실이 거느린 쾌쾌하고 서늘한 공기가 불러오는 다른 기억도 있다. 골목에서 함께 놀게 된 아이들을 따라 놀이터 앞 교회 건물의 지하로 들어갔다. 지하실 특유의 냄새가 특별하게 느껴졌다. 유년부 공간이었기에 아이들이 단상에 올라 마이크를 만져도, 피아노 뚜껑을 열어 건반을 눌러도 지나가는 어른 누구도 제지하지 않았다. 나는 누구의 권유도 없이 교회에 다니기 시작했고, 마침 크리스마스가 코앞이라 유년부 연극에 참여하게 되었다. 아이들이 모두 무대에 올라 합창 대열로 서서, 성경 속 인물의 어떤 면을 본받아 성장하고 싶은지 발표하는 단순한 구성이었다. 나는 첫 줄에

서서 왕이 되었다. 함께 모여 연습하는 내내 금빛 왕관
도 쓰고 붉은 망토도 두르고 멋진 지휘봉도 들었다. 크
리스마스를 앞둔 일요일 예배는 공연을 보러 온 어른
들로 꽉 찼다. 차례를 알리는 조명이 나를 비추던 순간
공중에 떠도는 먼지를 바라보며 거침없이 대사를 읊었
다. 특별한 적 없던 연말이 부유하는 기분, 충분한 과
자와 함께 흘러갔다.

기억으로만 남게 된 공간이 파주에도 있다. 아이가
오전 내내 동요 〈피노키오〉의 첫 소절을 흥얼거렸다.
"꼭두각시 인형 피노키오 나는 네가 좋구나!" 노래를
부르는 것인데도 아이가 좋다는 말을 반복하니 듣는
마음이 즐거웠다. 오후는 피노지움에서 보낼 생각이었
다. 그런데 언제 폐업을 했는지 유리문 안이 어두웠다.
거기서 즐거웠던 기억이 그 안에 갇힌 것 같아 몇 번
을 돌아봤다. 피노지움엔 세 번 방문했었다. 매번 즐거
웠던 건 아니고 첫 기억이 좋다. 좁은 엘리베이터를 타
고 삼층으로 올라가 거기서부터 관람을 시작했는데 물
병과 손수건, 기저귀, 간단한 간식이 담긴 가방을 차에
두고 온 게 생각났다. 급히 가방이 필요한 상황이 생길
까봐 남편은 가방을 가지러 내려갔다. 텅 빈 낯선 공간

에 둘이 남아 긴장한 나와 달리 아이는 태연히 걷기 시작했다. 얼마 안 가 흰 벽 가득 피노키오 모양으로 벨크로가 붙은 체험 공간이 나타났다. 바닥에는 색색의 양모 공이 널려 있어서 그걸 벽에 마음껏 붙여볼 수 있었다.

아늑한 조명 아래 사방 하얀 벽, 알록달록 수많은 공을 마주하자마자 이곳을 오래 추억하게 되리란 걸 알았다. 아이가 공 하나를 집어 제 입에 넣으려고 했다. 내가 놀란 소리로 "찌지!" 하고 소리쳤는데 그게 재밌었던지 아이는 자꾸 장난을 쳤다. 입에 넣는 시늉을 하며 도망을 가다가 내가 말리면 공을 버렸다. 그러다 또 은근슬쩍 바닥에서 공을 줍다가 나와 눈이 마주치면 깔깔 웃었다. 아직 말도 못하는 아이가 나를 놀리고 그게 나는 또 너무 웃기고. 엄마와 아들 사이에 쌓이는 우정이 있다면 나는 그날의 놀이가 근사한 주춧돌이 되리라 생각한다. 공간은 그냥 사라지지 않는다.

레이스 달리면 어때서

롯데 프리미엄 아울렛

아이들 머릿속에는 어른이 만든 규칙을 어겨도 된다는 선택지가 존재하지 않는 듯하다. 근처 아웃렛에서 나는 문채가 과자 먹는 모습에 놀랐다. 사람이 다니지 않는 구석자리에서 아이에게 쌀로 만든 과자 한 개를 주었다. 아이는 제 얼굴에 밀착한 마스크를 한손으로 살짝 들추더니 과자를 한 번 베어물고는 얼른 마스크를 다시 입에 붙인다. 너무나도 군더더기 없이 재빠른 동작이었다. 방학 전 유치원에서 주는 간식을 마스크를 쓴 채 여러 번 받아먹는 동안 저런 깔끔한 연속동작을 익혔으리라 생각하니 마음이 안 좋았다.

유치원 방학이 더럽게 길었기에 우리 부부는 거의 탈진 상태였다. 공립 유치원에 마침 한 자리가 남았다는 말에 우리는 이런 행운이 어디 있느냐며 좋아했었다. 분명 육 개월 전에는 그랬는데 얼마 못 가 공립의 이른 하원 시간과 긴 방학에 발목이 잡혔다는 사실을 깨닫게 된다. 우리 부부 모두 고용 상태를 증명하기 어려운 프리랜서인 탓에 아이를 유치원에 더 오래 맡길 수도 없었다. 둘 다 집에서 놀면서 아이 하나 건사 못 한단 말인가? 국가라는 인격체가 존재했다면 우리가 제출한 유치원 방과후과정 신청서를 훑어보다 그리 꾸짖었을 것이다.

아이가 책 읽기를 좋아해서 그나마 육아가 수월했다(물론 아이 혼자 읽을 수 있다면 금상첨화겠지만). 하루 스무 권 이하로 읽는 날은 없었고 보통은 서른 권 내외를 읽어줘야 아이는 만족했다. 특히 공주 이야기가 반응이 좋았다.

오늘 문제는 쇼핑몰에서 새로 사온 드레스를 입은 채 백설공주와 라푼젤 동화(물론 이미 오십 번 넘게 읽은 이야기들이다)를 읽다가, 좀 지루해지자 공주 역할놀이를 시작했다. 아까 같이 나가서 사온 거, 얼마 전에 친구에게 선물 받은 거, 몇 달 전 서울 할머니가 만들어준 것까지 드레스는 모두 세 벌이었다. 편하게 입고 벗을 수 있는 꽃무늬 치마도 두 개 있고. 하나같이 완전한 분홍색이거나 분홍 비슷한 색들이 뒤섞인 분홍색이었다. 유치원에 치마를 입고 간 적이 있었는데 선생님이 유치원에는 입고 오지 말라고 했단다. 아이와 함께 속상해하면서도 교사 입장에서 어쩔 수 없는 이유가 있었겠지 했다. 자기가 그리 좋아하니 집에서라도 열심히 입히자 싶었다.

마스크는 아이다운 순응의 상징 같다. 나 역시 순응의 아이콘인 듯 어린 시절을 보냈다. 어른들이 시키는 일은 곧잘 했고 하지 말라는 짓은 좀처럼 하지 않았다. 그 시절 종일 마스크를 쓰고 있어야 했다면 군말 없이 따랐을 것이다. 그래서 어린 나는 분홍 치마 같은 건 입을 엄두도 못 냈다. 소위 여자 옷이라고 부르는 것들에 애초 흥미를 못 느꼈을지도 모르지만, 어른들이 권하지 않는 옷이라면 입어볼 생각조차 안 하고 살아온 내가 마음에 들지 않는다. 그래서 드레스 입은 문채를 나무라는 편견에 유독 화나고 속을 끓이는 것인지도 모른다.

과거의 내 결핍에 비추어 내 아이에 대해 더 관대해

지거나 더 엄격해지는 양육 방식이 옳지 않다는 불안
감이 있다. 다만 그럴 땐 잔디한테 물어보면 된다. 어
릴 적 배트맨 옷을 입고 남자애들과 골목 좀 누벼봤다
는 잔디니까. 어른스러워야 한다는 강박에 자다가도
알아서 일어나 교과서에 코 박고 밤을 새우던 나와는
다른 어린이였으니까. 레이스 달리면 어때서. 애가 입
고 싶다는 거 사와. 옷가게 앞을 떠나지 않는 아이를
달래며 잔디한테 전화로 의견을 묻자 들은 말이다. 그
래서 나도 아이처럼 신나게 드레스를 고를 수 있었다.

엄마를 따라 장에 가면 좋았다
금촌전통시장

인터넷으로 수세미를 주문했다. 마른 수세미 열매
의 껍질을 벗기거나 잘 익은 수세미를 한 번 삶아 껍질
을 벗겨 햇볕에 말리면 섬유질만 남아 설거지에 사용
하기 좋은 모습이 된다. 내가 주문한 것은 이 과정을
모두 거쳐 알맞은 크기로 자르기만 하면 사용할 수 있
는 '천연' 수세미다. 수세미를 천연으로 바꾸었다고 하
니 엄마는 그러지 말고 마당에 심으라는 말부터 한다.
앞으로 수세미는 천연만 쓰겠다고 하니 시어머니는 뒷
마당에 수세미를 심는 게 어떻겠느냐고 한다. 옛날에
는 다 그랬다고 한다. 생각해보니 아주 어릴 적 화장실
에 가려면 옷을 갖춰 입고 건물 뒤로 돌아나가야 하는
집에 살았다. 건물을 돌아 계단을 오르면 이웃한 집의
마당이 보였는데 그 집 식물이 담을 넘어 줄기를 뻗고
열매를 맺어서 그걸 만져본 적이 있다. 수세미였다. 넓

은 마당이 있는 집에 살면 이렇게 큰 열매도 키우는 거구나, 이런 큰 열매를 먹지도 않고 말려 죽이는구나 생각했었다. 아무튼 엄마에게도 시어머니에게도 나는 못하겠으니 직접 심으시라고 대꾸하고 넘겼는데 그럴 게 아니라 올봄에 진짜 한번 심어볼까 싶다.

수세미와 함께 광목 주머니도 넉넉히 주문했다. 색이 깨끗하고 질감이 탄탄해서 보는 것만으로 기분 좋아지는 이 주머니에 우선은 양파, 감자, 고구마, 당근을 따로 담아 냉장고에 넣었다. 야채 칸에 흙을 묻히지 않고 깔끔하게 정리하니 기분이 좋았다. 사실 광목 주머니는 쓰레기를 줄여볼 요량으로 샀다. 가방에 넣어 다니면 비닐이 필요한 순간에 요긴하게 쓰일 것 같았다. 그러나 생각과 달리 보통은 대형마트나 배송 서비스를 이용하기 때문에 주머니를 쓸 일이 거의 없다. 손바닥 크기로 곱게 접혀 에코백 한구석을 차지하고 있는 광목 주머니를 볼 때마다, 마트에 다녀와 물건을 정리하고 나면 수북이 쌓이는 비닐과 플라스틱 쓰레기를 볼 때마다 재래시장 생각이 나기 시작했다.

엄마를 따라 장에 가면 좋았다. 얻지 못할 줄 알면

서도 이것저것 마음에 담아보고 어른 흉내를 내며 물건을 평하는 것, 가벼운 봉지 몇 개를 들어주면 그 품을 엄마가 삶은 다슬기 한 컵이나 핫도그로 쳐주는 것, 큰 소리로 호객하는 과일가게 아저씨의 큰 눈이 알전구 아래 빛나는 과일들만큼 번쩍이는 모습을 지켜보는 것도 좋았다. 일대일로 손님을 대할 땐 급히 차분해지는 과일 아저씨의 얼굴과 목소리 뒤로 커다란 BYC 매장이 눈에 들어오면 마음이 설렜다. 일 년에 몇 번 그 매장에 들어가 아빠나 할머니, 가까운 가족의 선물을 사는 게 좋았다. 리어카에서 열 족씩 묶인 양말을 사는 게 아니라 종이 상자에 든 양말과 메리야스를 고르고 있으면 어쩐지 어깨에 힘이 들어갔다. 명절엔 떡집, 두붓집 앞에 줄을 서기도 했다. 오래 기다려 드디어 우리 차례가 왔다. 마침 두부 한 판이 다 팔려 우리를 앞에 두고 두부가게 아주머니는 판을 갈았다. 넓적하고 커다란 두부. 가로로 사등분, 세로로 삼등분하여 열두 모로 팔려나갈 두부에서 고소한 냄새와 따뜻한 김이 엄청나게 솟아올랐다. 아주머니는 오래 기다리게 해 미안하다며 부러 판의 한가운데서 두부 한 모를 집어들었다. 그때 나는 울컥하여 아주머니를 올려다보았다. 그거 작은데 모서리에 큰 거 주세요. 모서리 두부를 받아들고 의기양양하여 집으로 돌아오는 내 뒤통수에 대고 엄마가 퉁명스럽게 말했다. 바보야, 가운데가 제일 부드러운 거야.

나는 내가 뭘 모르는 어린애라는 것도 생각이 짧았다는 것도 싫었다. 아이가 뭣 모르고 한 소리를 덥석 받아 모서리 두부로 바꿔준 아주머니의 웃는 얼굴이 자꾸 떠올라 화가 났다. 그리고 엄마의 퉁명스러운 목소리가 분해 견딜 수 없었다. 작은 것에 화가 난 엄마. 그 마음을 숨기지 못하고 결국 딸에게 한소리 하고야 마는 엄마가 미웠다. 두부를 썰 때마다 그날이 생각난다. 물론 여태 엄마를 미워하는 건 아니다. 여섯 살 난 딸의 손을 잡고 대여섯 성인이 먹을 찬거리를 사러 간 그때 엄마는 서른이 못 되었다. 매일이 얼마나 힘에 부쳤을지 상상하기 힘들다. 아빠가 운영하는 공장 직원들 밥까지 다 해 먹였다는 엄마, 미싱을 하며 나를 돌보던 엄마, 시어머니 시누이와 한집에 살던 엄마. 엄마가 내게 뾰족했던 순간들, 매몰찼던 순간들이 종종 떠오르는데 그때마다 엄마가 가여워죽겠다. 어릴 때 나는 엄마가 미우면 죽도록 미웠는데 그건 엄마가 늘 안쓰러운 친구 같았기 때문이다. 나보다 사정이 좋지 않은 친구. 나도 얻어먹는 과자를 나눠주고 싶은 친구.
함부로 무시하면 내가 너무 나쁜 사람 같아지는 친구.

　지지난 여름에 서너 번 금촌전통시장에 갔었다. 엄
마와 여섯 살 무렵의 내가 걷던 면목동 동부시장이 떠
올라 마냥 신이 나 눈에 띄는 대로 이것저것 샀다. 옛
날에 엄마가 그랬듯이 작은 비닐봉지를 단단히 묶어
큰 비닐 안에 넣어 짐을 줄이면서 나도 컸네! 속으로
생각했다. 장 끄트머리에서 즉석 김을 몇 봉지 샀는데
한 장 한 장 참기름을 발라 맛소금을 뿌려 구운 맛이
정말 좋았다. 남편도 반하여 그걸 사러 몇 번 더 갔다.
엄마가 붓으로 참기름을 발라 앞에 놓아주면 맛소금
을 뿌려 구워 먹던 그 맛이었다. 그런데 거기서 두부는
팔았는지 잘 생각이 안 난다. 광목 주머니 넉넉히 챙겨
곧 다녀와야겠다. 두부도 사야 하니까 밀폐 용기도 하
나 잊지 말아야지.

당신의 시간은 안녕하십니까?

경의중앙선 금릉역

몇 달간 독산역 '책이든거리작은도서관'에서 일하게 되었다. 파주와 금천구를 어떻게 출퇴근해야 그나마 덜 힘들지 알아보니 경의중앙선 금릉역에서 1호선 독산역까지가 지하철 환승 한 번으로 한 시간 삼십 분 거리였다. 집에서 금릉역 주차장까지 이동하는 시간 십오 분을 더해보니 중간중간 걷고 갈아타는 시간까지 대충 두 시간이었다. 지하철로 회사를 오가니 독서량이 절로 늘더라는 효인의 경험담을 떠올리며 왕복 네시간 출퇴근을 기회로 삼아보자 다짐하는 나의 낙관주의가 좀 기묘했지만 새로 나온 시집만 겨우 따라 읽는 독서 행태에 상당한 스트레스를 받는 중이기도 했다. 출근 열흘 만에 단행본 다섯 권을 뗐으니 장거리 출근길이 독서왕 만든다는 말이 거짓은 아니었다.

휴대전화를 집에 두고 나왔다는 걸 금릉역에 거의
다 와서야 알았다. 전화기 안 들고 온 김에 차라리 차
를 돌리고 월차를 내버릴까 잠시 고민했던 일을 부끄
러워하며 얼른 지하철에 올랐다. 출근길 책은 잔디의
권유로 정기 구독하는 『뉴필로소퍼』라는 교양철학 잡
지다. 마침 주제가 '당신의 시간은 안녕하십니까?'여
서 절묘하다는 생각이 들었다. 휴대전화로 현재 시각
을 확인할 수 없어 수시로 전전긍긍하며 책을 읽어내
려갔기 때문이다. 현대인이 시간에 쫓기는 이유가 SNS
와 짧은 동영상 때문이라는 뻔한 진단 말고 무슨 논의
가 달리 가능할는지 조금은 시큰둥한 마음으로 잡지를
펼쳤다. 하지만 스마트폰 탓에 하루가 짧아졌다는 증
거는 없다고 단호하게 말하는 서두부터 마르셀 프루스
트의 『잃어버린 시간을 찾아서』의 한 대목이 절묘하
게 인용된 말미까지 눈을 떼기가 어려웠다. 정신을 차
리고 보니 어느새 독산역이었다.

곱씹을수록 시간은 기괴하다. 시계에 작용하는 중
력이 다르면 시곗바늘의 속도도 달라진다는 이야기는
언제 들어도 신기할 뿐이다. 시간에 대한 일반상대성
이론이나 양자역학의 개념은 아무리 쉬운 말로 접해도

언제나 미궁이고. 시간에 관한 생각을 더 이어가다보면 기괴하다는 느낌을 거쳐 결국은 내가 얼마나 하찮은 존재인지를 실감하고야 만다. 시속 일천 킬로미터 이상으로 자전하면서 동시에 시속 십만 킬로미터 정도로 공전중인 지구, 시간당 팔십이만 킬로미터로 은하계를 돌고 있는 태양계 같은 우주적 시간을 떠올릴 때면, 나라는 존재를 포함하여 나의 감정과 내가 중시하는 상호 관계 등이 하찮고 무의미하게 여겨진다. 내가 잔디와 문채를 보며 느끼는 애정과 그들을 통해 상상하는 수많은 가능성마저 부질없어 보일 지경이니 큰일 아닌가.

공룡 장난감을 가지고 놀던 아이가 살아 있는 공룡을 못 봐서 아쉽다고 할 때가 있다. 먼지 많은 도서관 작업실에 앉아 공룡이 멸종한 육천오백만 년 전이라는 시간을 떠올리고 사십오억 년이라는 지구의 나이를 생각해본다. 그렇게 가늠하기도 어려운 기나긴 시간을 하나의 선으로 형상화하고 그 선 위에다 우리 가족이 함께할 시간을 하나의 티끌처럼 올려두는 상상에까지 이르면 세상의 모든 사랑과 수고가 멍청한 농담 같다. 티끌 속 티끌 같은 생들이 어느 장소에서 어떤 사연으로 살든, 죽든, 고통을 당하든 대체 무슨 상관이람.

퇴근하고 금릉역에 도착하니 일곱시 삼십분이다. 지하철 문이 열리자 석양을 받아 불그스름 빛나는 논밭이 눈앞에 펼쳐졌다. 원래는 가을걷이가 한참 전에 끝난 황량한 풍경 위로 고압선마저 어지럽게 얽혀 있어서 볼 만한 곳이 아니었다. 하지만 지평선을 따라 끝없이 이어지는 저녁 섬광은 삐뚤빼뚤한 공제선을 아름답게 뭉개놓는다. 눈물나게 눈부셨고 어쩐지 마음이 놓였다. 물리학은 시간이 과거, 현재, 미래로 이어지는 선형적 개념이 아니라고 설명한다. 다른 말은 어려워서 이해하기가 쉽지 않지만 일단 그만큼만 알아두기로 한다. 시간이 기나긴 줄 같은 모양이 아니라면 우리 가족의 시간도 엄청나게 긴 줄 위에 떨어뜨린 티끌 같은 게 아니겠지. 시간은 기괴하다. 그렇지만 단순히 시간이 길고 짧음의 문제가 아니라는 점은 위로가 된다. 내가 아무리 읽어도 도저히 알 수 없는, 시간에 관한 신비롭고 아름다운 해설이 무궁무진하면 좋겠다.

그냥 널 먹여야겠다는 생각이 들었어

　고등학교 3학년 때의 일이다. 국어 선생님은 언제나 특별한 군것질을 소개하며 수업을 열었다. 그날은 소금맛 사탕이었다. 사탕이 소금맛이라는 말에 친구들 반응이 뜨거웠다. 어디서 나셨어요? 오늘은 몇 개 주실 건가요? 짠가요? 선생님은 칠판에 '○○의 ○○'라고 적고 시 낭독을 시작하였다. 우리는 제목을 맞히기 위해 조용히 귀기울였다. "예수가 낚싯대를 드리우고 한강에 앉아 있다. 강변에 모닥불을 피워놓고 예수가 젖은 옷을 말리고 있다……" 낭독이 길어지지만 아무도 입을 열지 않았다. 그때 내가 주저하며 손을 들었다. 서울의 예수? 선생님은 아는 시냐고 물었다. 처음 듣는 시였다. 그날따라 내용만 들어도 쉽게 제목이 떠올랐다. 연달아 두 편의 시 제목을 더 맞혔고 보너스 사탕까지 두둑이 챙길 수 있었다. 누군가 당신의 학창 시절 영광의 순간이 언제냐고 묻는다면 꼭 이날 이 사건을 이야기하고 싶다. 사탕 서너 개를 건 퀴즈에 내가 딱 하루 활약했던 일을 누구도 기억하지 못할 것이다. 그러나 또박또박 정답을 말하던 순간의 떨림이 여태 소중해서 이따금 슬쩍 웃게 된다. 그러곤 곧 선생님의 얼굴을 떠올린다. 얼굴은 선명한데 성함이 떠오르지 않는 것이 참 죄송하다. 고3 아이들 입에 단것 하나씩 물려주려 했던 그분은 교무실을 오가며 보아도 보통은 슬쩍 웃고 있었다.

아이가 뱃속에 있을 때 김민정 시인을 처음 만났다. 그는 두번째 만남에서 나를 집으로 초대했다. 입덧이 심해 먹는 족족 토하기 바빴던 때였다. 집에 거의 도착하였다고 메시지를 보내니 준비하다 잠들어버렸다고 조금만 시간을 달라는 연락이 왔다. 기다리는 김에 상혁과 책향기로를 돌며 선물 될 만한 것을 찾아보기로 하였다. 책향기로는 꽃창포, 금낭화, 패랭이길과 교하도서관, 큰 공원 두 개를 둥그렇게 안으며 이어진다. 두 공원 사이를 숲속노을로가 가른다. 민정 선생님 여기 길 이름 보고 들어왔나보네? 반농담으로 던진 말인데 듣고 보니 정말로 그랬겠다며 상혁도 웃었다. 우리는 딸기케이크 한 상자를 들고 선생님 집에 갔다. 그리고 선생님이 차려준 음식을 그저 맛있게 먹다 왔다. 배가 차는 것을 아쉬워하며. 신기하게 그날은 입덧도 없었고 잠도 잘 잤다. 헛구역질로 며칠을 굶다가 남의 집에서 허기를 면했던 그해 크리스마스이브를 평생 잊을 수 없을 것이다. 그냥 널 먹여야겠다는 생각이 들었어. 냉이된장국을 마시듯 넘기고 있는데 선생님이 했던 말이다. 아직 낯설고 어색했던 사람이 건넨 이 다정한 말을 어떻게 잊을 수 있을까.

종종 안부도 묻고, 만나기를 기대하고, 맛있는 것 좋은 것을 보면 떠오르는 또래 친구가 고작 서넛뿐이다. 가장 죽이 잘 맞던 나이든 친구 하나는 남편이 됐고. 비슷한 나이의 사람을 유독 사귀기 어려워하는 게 나뿐일까 궁금하다. 아무튼 친구보다 어른이 편하고 선생님이라 부를 만한 사람 곁이 좋다. 아주 어려서부터 그랬다. 모두가 무서워하는 험상궂은 선생님을 선뜻 찾아가 야간자율학습 빼달라는 소리도 곧잘 하던 나였으니까. 또래를 어떻게 대해야 할지 몰라 좋은 친구도 여럿 떠나보내며 살아왔다. 다행인 것은 나이가 들수록 친구와 선생님을 딱히 구별하지 않아도 괜찮다는 것이다. 오해하지 않고, 판단하지 않고, 별다른 연락 없이 지내다가도 문득 만나면 진심으로 근심을 나누는 사람을 모두 친구라 여긴다. 두 번 만난 친구가 있다면 백 번 만난 남도 있다.

죽기 전에 김민정 시인에게 정말 맛있는 한 끼 손수 대접하고픈 꿈이 있다. 당분간은 솜씨가 따라줄 것 같지 않아서 예순 즈음으로 미뤄두었다. 그때까지 또 알게 모르게 얼마나 많이 얻어먹게 될까. 학창 시절 선생님이 주신 소금맛 사탕처럼 그 의미를 모르고 얻어먹는 일도 많을 것이다. 내게 남은 소중한 친구 서넛을 대하듯 그냥 존경하고 사랑하는 수밖에.

둘이 있으면 그럴 수 있다

　어릴 적 초등학교 생활기록부에는 '학교에서 가정으로'라는 제목의 공란이 있었다. 매 학기가 끝날 무렵 담임은 그 빈칸에다 자기 반 학생을 관찰한 기록을 채워 가정으로 보냈다. 육십 명 넘는 아이들이 한 반에 모여 공부했으니 교사가 적어준 내용은 대개 소략한 인상비평에 불과했지만, 어찌되었든 내 아이를 가르치는 스승이 손글씨로 남긴 문장을 꼼꼼히 들여다보지 않는 부모는 드물었다. 중간고사 오답 열 개 이내인 아이들만 받는 상장을 열한 개 틀린 내가 못 받아와서 어머니에게 빗자루로 얻어맞는 건 참을 만했는데, '착실한 편이나 매사 주의가 산만하고 음식을 가리는 편임' 같은 성의 없는 문장 때문에 잔소리를 듣는 건 어린 나이에 생각해도 어처구니가 없었다.

초등학교 시절 나를 설명하는 두 단어는 주의산만과 편식이었다. 우선 주의산만에 관해서. 저 표현은 정말 귀에 걸면 귀걸이, 코에 걸면 코걸이가 되는 말 아닐까 싶다. 열 살도 안 된 아이가 주의가 산만하지 않고 매사 침착하며 특히 학업에 남다른 집중력을 발휘하는 경우가 얼마나 된다고? 게다가 이사가 잦은 탓에 초등학교 육 년 동안 다섯 학교를 전전했다. 주의가 산만한 정도가 아니라 혼이 빠진 채 교실에 앉아 있었을 것이다. 다음은 편식. 실제로 못 먹고 안 먹는 음식이 많다. 새우를 비롯하여 거의 모든 해산물을 싫어하며 고기든 야채든 날것이면 안 먹는다. 비위도 약해서, 어느 날은 돈가스를 먹다가 오도독뼈 같은 것이 씹혔는데 이거 그냥 튀김 아니고 고기구나, 다른 동물의 살이구나 하고 새삼 인식하게 되었고 곧 테이블에 앉은 채 헛구역질을 시작했다. 하지만 음식을 가리는 게 내 탓만은 아니다. 어머니는 매운 음식 아니면 커피만 좋아했다. 집이 가난해서 다양한 음식을 접할 기회도 없었다. 우유만 하도 마셔대서 한때 별명이 '파트라슈'였는데, 그때는 우유와 계란 아니면 딱히 먹을 것이 많지 않았다. 물론 플랜더스의 개는 우유를 마신다기보다는 운반하는 쪽이었지만.

파주 교하, 특히 책향기로 하면 김민정 시인부터 떠오른다. 이사 와서 얼마 지나지 않아 두번째 시집 원고를 들고 지금은 출판도시로 위치를 옮긴 카페 커피발전소에서 그를 만났다. 책향기로 부근에서 커피향을 맡으며 문학의 향기에 취한 우리였다고 회상하기엔 지나치게 민망하고. 하여튼 우리 부부는 그날부터 집에서 그다지 가깝지도 않은 책향기로를 동네 다니듯 걸었다. 자주 걷다보니 우리가 먼저 발견한 가게도 있어서 구절초길 빵집에서 단팥빵을 사거나 안개초길 어느 카페에서 머랭쿠키를 맛보기도 했다. 하지만 여름이면 야외 테라스로 시원한 물안개를 뿜어주는 카페도 누나 때문에 알았고 찌개 같은 떡볶이를 내는 돌단풍길 떡볶이집도 누나 소개로 다녔다. 지금은 사라진 땅콩문고에 우리 부부를 데려가 샤프와 책을 쥐여준 것도, 교하로에 있는 중국집에서 유니짜장을 사준 것도 김민정이었다. 사주면 맛있게 먹기라도 해야 돈 내는 사람 기분이 좋을 텐데. 간장게장은 비리다고 안 먹고 산낙지는 움직인다고 못 먹고 밑반찬으로 나온 김치 맛도 백도라지 맛도 모르니 얼마나 답답했을까? 그나마 잔디만은 없어서 못 먹는다는 기세로 음식에 달려들곤 했다. 그래 너라도 잘 먹으니 다행이라는 게 솔직한 심정이었다.

　못 먹는 음식이 많을 땐 차라리 소식하는 사람으로 나를 소개하는 게 편하다. 새우도 딱 한 마리, 게장도 딱 한 숟가락, 움직이는 낙지도 딱 한 점만 먹고 말면 되니까. 그거 조금 먹고 어떻게 살아? 다른 사람과 외식하면 자주 듣는 말이다. 사람들은 편식쟁이를 어린애 보듯 한다. 그것도 못 먹느냐는 잔소리보단 왜 먹다가 마느냐는 타박이 듣기에 낫다. 초탈한 시인이라서 소식하느냐는 이야기도 들어봤으니 역시 이쪽이 나아 보인다. 그래도 음식 앞에서 깨작거리는 건 잔디 아닌 다른 사람과 먹을 때뿐이다. 잔디와 둘이 있는 자리에서는 최고로 마음껏 먹는다. 둘이 있으면 그럴 수 있다. 다른 욕구는 여기저기서 잘도 드러내는데 식탐만큼은 죽어도 들키고 싶지 않다. 오빠, 천천히 좀 먹어, 생각도 하면서. 잔디야, 그만 먹고 싶으면 안 먹어도 돼. 식탁에 둘만 있으면 서로 너무 많이 먹는다고 걱정이다. 많이 먹지 말라기보다는 너무 먹다가 아프지 말라는 뜻이다.

며칠 전 늦은 밤이었다. 민정 누나가 불러서 집 앞으로 갔더니 젓갈을 잔뜩 챙겨주었다. 묵직한 스티로폼 박스가 든 황금색 보자기를 들고 집으로 돌아오니 잔디가 두 그릇 가득 쌀밥을 담는다. 저 보자기 속 내가 먹을 음식은 오징어젓갈 정도일 것이다. 하지만 나는 안다. 잔디는 내 식탐이나 편식 같은 건 신경도 쓰지 않는다.

이 동네도 좋네요

나답지 않은 많은 일에 끌리던 십대 시절 어느 날 혼자 지하철을 탔다. 목적지 없이 한 자리 차지하고 앉아 책을 읽고 창밖을 내다보며 생각에 잠기는 일이 누군가의 눈에 멋지게 보일 것 같았다. 그런데 하필 아빠의 책꽂이에서 골라온 책이 너무 어려웠고 냉방이 잘 되지 않아, 더운 곳에서 문장에 집중하려니 잠이 쏟아졌다. 하는 수 없이 책을 덮고 지하철이 지하를 벗어나기를 기다리며 문이 열릴 때마다 타고 내리는 사람만 멍하니 바라보고 있었다. 그때 아는 얼굴 하나가 나타나 내 맞은편 의자에 앉았다. 같은 학교에 다니는 제법 익은 얼굴의 그애도 나를 보곤 놀란 눈치였다. 몇 정거장을 서로 모른 체하며 지나고 있었는데 그쪽이 먼저 말을 걸어왔다. 불편해서 도저히 견딜 수 없다는 듯이. 너 나 알지, 어디 가?

어딜 가고 있지 않았으므로 나는 그애가 가는 곳까지 함께 가기로 했다. 우리는 십대였고 연예계 소식에 빠삭했으므로 대화가 잘 통했다. 곧 나란히 앉을 수 있었고 나보다 연예계 뒷소문에 밝은 친구가 나에게만 알려준다는 자극적인 이야기에 거의 정신을 잃을 것만 같았다. 어느새 걔는 나의 언니, 나의 선생님, 내 길잡이가 되어 있었다. 무제한 요금제를 사용한다는 그가 아주 선심을 쓴다는 듯이 휴대폰을 꺼내 '언니들'에게 전화를 돌렸다. 나는 그날 그들과 함께했다. 그들은 콜밴 서너 대를 불러 나눠 타고 다니며 연예인 뒤를 쫓는 사생팬이었다. 거짓말 같은 하루였다. 너무 낯설어서 세상이 나를 빼고 돌아가는 것 같았다. 밴에 탄 후로 나는 한마디 말도 없이 앉아만 있었다. 언니들은 나를 수줍은 아이라 생각하고 친절히 대해주었지만 그들 덕분에 먼발치에서 좋아하는 연예인을 맨눈으로 보고 나서 느낀 감정은 죄책감이었다.

덕력은 열정이고 덕질이 곧 재능인 시대에 나는 무엇을 깊이 좋아한다고 내세울 것이 없어 종종 부끄럽다. 단기간 사력을 다해 빠져드는 건 체력이 받쳐주지 않아 불가능하고 꾸준히 관심을 두고 알아가는 건 내 정신 근육의 길이가 짧아 불가능하다고 느낀다. 무언가 시작하기도 전에 에너지를 쏟으며 기뻐하는 나보다 곧 방전되어 누워 있을 미래의 나부터 떠오른다. 어쩌면 정말 열광할 만한 무엇을 아직 만나지 못한 것일지도 모르겠으나 덕력에 힘입어 전문가가 될 일이 내 인생에는 없을 것 같다.

어제는 트위터로 알게 된 친구가 눈이 내려 미끄러운 길을 달려 파주로 왔다. 나는 집 가까이에 위치한 카페 주소를 친구에게 알려주었다. 그는 몇 발레 무용수에게 푹 빠져 있으며 한 피아니스트에게 무한한 애정을 느낀다. 또 어느 케이팝 아티스트의 사소한 소식을 지치지 않고 좇으며 자신의 두 아이를 사랑하고 직업으로 만나는 한 사람 한 사람에게 진심으로 이입한다. 그는 나보다 세 배쯤 긴 하루를 누리고 사는 것일까, 사람의 아름다움을 발견하는 적절한 거리를 그는 알고 나는 모르는 것일까, 아니면 그저 그릇의 크기가 다른 것일까. 차를 마시며 긴 대화를 나누고 저녁으로 떡볶이를 먹고 헤어졌는데 집에 돌아와 휴대전화를 켜보니 그는 다시 카페에 들어가 책을 펼쳤다고 했다. 만

남의 여운을 집을 향해 걷는 도중에 줄줄 흘려버린 나와 달리 시집의 어느 페이지로 오늘을 기억할 그를 생각하니 부러웠다.

그는 "이 동네도 좋네요"라고 했다. 우리가 풍뎅이길에서 책향기로로 이사를 하기 며칠 전, 그가 불쑥 밤에 찾아와 아기 옷을 선물하고 갔다. 낮엔 가을 옷이 부담스러울 정도로 덥지만 아침저녁으론 기온이 뚝 떨어져 등원하는 아이 옷을 챙길 때마다 고민이던 시기였다. 가볍고 따뜻한 남색 외투가 아침의 고민을 덜어주었다. 안감에는 별이 잔뜩 그려져 있는데 그게 꼭 그가 품은 마음 같아서 팔을 끼우라고 아이에게 옷을 펼쳐 보일 때마다 그의 진심이 우리 아이를 껴안아주는 기분이 들었다. 우리 가족의 풍뎅이길에서의 삶을 응원해주었던 그가 책향기로도 좋다고 말해주니 기뻤다.

무엇이 이사를 결심하게 한 것인지 아무리 되짚어보아도 결정적인 이유는 떠오르질 않는다. 국공립 유치원의 여름방학은 너무 길었고, 남편이 한동안 장거리 출퇴근을 하게 되었고, 아이의 시간을 근사하게 채워주려는 내 욕심이 합쳐져 육아가 고통스러웠다. 자

꾸 탈락하여 아프게 발에 박히는 바닥 타일의 매지를
메꾸고 싶었고, 아기가 낙서한 벽에 페인트칠도 다시
하고 싶었고, 고양이가 뜯어놓은 창틀의 실리콘을 매
끈하게 정돈하고도 싶었지만 하루 육아가 끝나면 이내
탈진이었다. 월간지 교정 교열을 위해 잠을 떨치고 힘
겹게 컴퓨터 앞에 앉으면 그게 유일한 내 시간 같았다.
밤에 마시는 술이 늘었고 책 한 권을 제대로 읽지 못하
는 이런 삶이 끝나지 않을 것처럼 막막하게 느껴졌다.

때가 되면 옥상에 방수 페인트를 두껍게 얹고 외벽
을 다시 칠해야 한다. 전원주택 관리의 기본이다. 보일
러도 몇 년에 한 번 교체해야 한다. 전기 수도 등의 문
제가 생기면 타 지역에서 사람을 불러야 하다보니 언
제나 예상보다 큰돈이 든다. 아이가 커갈수록 살림이
느는데 아무리 비워도 작업 공간과 아이 방을 동시에
확보할 방법은 보이지 않는다. 이 모든 게 '나'의 문제
로 느껴졌다. 해결할 수 없는 숙제가 아니라 내 잘못,
내가 지은 죄처럼 마음을 눌렀다. 어쩌면 그냥 꾹 참고
살거나 좀 덤덤히 받아들이면 되는 것이었는지도 모른
다. 하지만 그러기엔 나는 풍뎅이길에 지어진 내 집을
아주 좋아했다. 좋아하고 잘 대해주고 싶고 그 공간을

가꾸는 데 최선을 다하고 싶은데 아무것도 할 수가 없으니 자꾸 화가 났다. 상혁도 나와 비슷하게 이제 그만 포기해야 한다고 느꼈던 것 같다. 우리가 마음이 맞았으니 그다음은 쉬웠다.

집에 너무 많은 힘을 쏟지 말자는 게 이사 계획의 전부였다. 찾아간 부동산에서 보여준 첫 매물이 마음에 들었고, 계약했다. 입주 청소와 도배만 하려고 했으나 아이와 생활하기에 어두워서 조명을 교체했다. 집 안팎의 모든 게 나의 선택으로 이루어진 이전 집과 다르게 주어진 환경이 절반 이상인 이 집에서 이상한 편안함을 느낀다. 가구 장식에 들뜸이 있고, 창틀에 테이프가 붙어 있어 자세히 들여다보면 지저분하고, 설치한 지 오래되어 사용하기 꺼림칙한 붙박이 가전이 주방에 큰 자리를 차지하고 있지만 내 책임 바깥에서 벌어진 일이며 당장 해결해야 할 문제로 느껴지지 않는다.

킥보드 타기에 부쩍 자신감이 붙은 아이와 교하도서관에 가기로 했다. 마침 도서관 방역 소독 시간이라 곧바로 돌아나와 부러 근처 주택단지 쪽으로 아이를 이끌었다. 좋아하는 카페와 예쁜 산책로를 지나 단지

앞 새로 생긴 편의점에서 초콜릿을 골라 집으로 돌아
왔다. 그리고 다시 오후에 가벼운 마음으로 도서관에
들러 아이가 원하는 책 일곱 권을 빌렸다. 빌려온 책들
로 아이와 보내는 저녁이 순조롭고 풍족하기만 했다.

저는 사람이 싫어서 파주로 왔어요
책향기어린이공원

칭찬을 들으면 반발심이 생기는 이유가 뭘까? 정이 많은 사람 같아요, 보기 드물게 좋은 아빠네요, 아내한 테 그리 잘하니 가정이 화목한 거죠. 그런 말의 진심을 의심해서가 아니다. 겸연쩍다거나 부러 겸연쩍은 반응을 보여서 예의를 차리려는 생각도 없다. 저런 유의 칭찬에 실제로 동의할 수 없을 뿐이다. 저는 사람이 싫어서 서울에서 파주로 왔어요. 좋은 아빠, 잘해주는 남편이라기엔 돈을 너무 적게 버는 편이죠. 약간은 날선 반응에 당황하는 상대방 표정을 볼 때 내 마음도 그리 편한 건 아니다. 하지만 아닌 건 정말 아니라서 나는 끝까지 칭찬을 물고 늘어지고, 정말 그런 사람 아니라는 구체적인 정황을 기어이 찾아서 내놓곤 한다. 가볍게 던진 누군가의 칭찬을 사뭇 진지하게 반박하는 꼴이 더 우습다는 걸 알면서도 억하심정을 억누르기가 쉽지 않다.

  몇 달 전부터 매주 하루 EBS 라디오에 고정 게스트
로 나가고 있다. 윤고은 소설가가 진행하고 김소연 시
인이 또다른 게스트로 내 건너편에 앉는다. 이런저런
책을 소개하다가 이야기가 흐르고 흘러 '환생'에 관한
잡담으로 방송 시간을 채워가던 날이었다. 우리집 개
와 고양이들, 아들과 아내가 나 말고 다른 사람과 살았
다면 더 행복했을 텐데 하고 생각합니다. 지금의 가족
과 함께 전혀 다른 세상, 다른 시간에 살게 된다면 어
떻게, 무얼 하고 싶은지에 관해 질문을 받고는 내 편에
서 조금 엉뚱한 답을 해버린 것이다. 그러고는 방송 분
위기를 괜히 무겁게 만들었나 싶어 신경이 쓰였던 걸
로 기억한다.

  토요일 오전, 유치원에서 학부모 참관 수업을 한다
기에 잔디가 아이를 데리고 들어가고 나와 살구는 근
처 책향기어린이공원부터 산책을 시작했다. 문채 다
니는 유치원 옆에는 동네 사람만 알고 다니는 짧고 좁
은 산책로가 있다. 아무리 천천히 걸어도 십오 분이면
다 왕복하는 길인데 응급시 도움을 요청할 수 있는 비

195

상벨이 마련되어 있고 보행로 양편으로 아파트 단지와 이어지는 부출입구도 서넛 있어서 아무때나 안전하게 산책을 나설 만하다. 게다가 남의 동네 아파트 둘러보는 게 취미인 나에게 다른 단지 두 곳을 끼고 있는 여기 산책로는 더욱 각별하다. 이쪽 아파트는 식재와 외벽 관리가 기막히네, 저쪽 아파트는 지대가 평평하고 공동 정원이 넓은 게 마음에 드네, 속으로 그러면서 무슨 평가관이나 된 듯 단지를 누볐다. 아이 참관 수업이 슬슬 끝나갈 무렵이니 양쪽 단지 중에 승자를 가려야 할 시간. 평소 취향대로라면 식재와 외벽이 눈에 띄는 아파트 단지의 손을 금방 들어줬을 텐데 반대편 단지 일층 구조가 마음에 들어서 결정이 쉽지 않았다.

남의 아파트 찾아다니며 걷기 좋아하는 내가 특히 유심히 보는 부분이 일층의 구조다. 이천년대 이후 지은 아파트가 일층 주민에게 작은 앞마당을 따로 내주는 건 트렌드가 된 지 오래라서 그러한 개별 정원 자체가 대단한 장점은 아니다. 그거 없으면 요즘은 섭섭한 수준이지. 다른 층에 비해 곰팡이와 벌레, 쥐에 취약한 일층에다 정원이라도 안겨주지 않으면 누가 좋다고 거기에 들어가겠나. 개인적으론 정원 규모보다 중요하게 보는 게 지면과 일층 사이 이격이다. 내가 좋아하는 일층은 이층 높이에 지은 일층이다. 그렇게 최하층 자체를 높여 지은 아파트는 어설프게 남아도는 반지하 공간을 활용해 입주민이 사용할 수 있는 창고를 만들기도 한다. 여기에 더해, 일층 사는 두 개 세대를 위하여 개별 출입구가 각각 마련되어 있다면 내가 원하는 구조가 대충은 완성되는 셈이다. 그렇게 나는 잠시나마, 이층 높이 베란다를 열고 내려가 자기 정원을 거닐고, 붐비는 아파트 공동 출입구로 드나드는 일 없이 개별 현관 (부주의한 낙하물을 막아줄 포치가 잘 설치되어 있는지도 확인하면서)을 통해 외출하는, 남의 아파트 일층 주민이 되어보는 것이다.

지난 삼십 년 동안 우리집은 일층이었다. 서울 주공 아파트 일층에서 이십 년을 살다가 파주에 일층 단독주택을 지었고 얼마 후 다시 근처 일층 아파트로 이사했으니 남의 단지를 돌아다녀도 일층만 보이는 게 당연하겠지. 왜 내가 남들 머리 위에서 살고 싶지 않은지를 스스로 모를 리 없다. 나는 최대한 타인에게 피해 주지 않는 방향으로 살았다. 어릴 적부터 그랬다. 엄마의 친구네 아파트에서 몇 년을 얹혀살던 시절에도, 주택 일층에 월세 살면서 거기 지하에 살던 주인집 머리맡이 쿵쿵거릴까봐 눈치보던 시절에도, 내 목표는 민폐 끼치지 않는 아이가 되는 것이었다. 너 반장 되면 니네 반에 민폐야, 엄마는 바빠서 학교 일 못 챙기니까 반장은 절대 못한다고 해. 실제로 엄마는 바빴고 집은 가난했으므로 반장 자리를 탐낸 적은 없다. 하지만 그런 얘기를 선생님과 친구들에게 꺼내는 일은 매번 곤혹이었다. 초등학교 때는 공부를 곧잘 했기에, 대충 성적순으로 잘라 반장과 부반장을 정하곤 했던 당시에 나는 몇 번이나 집안 사정을 담임과 애들 앞에 털어놓아야만 했다. 어머니가 혼자시고 일을 하셔서 저는 반장을 할 수 없습니다, 죄송합니다. 괜히 무리 중 튀는 사람이 되기보다는, 있는 듯 없는 듯 무색무취한 학생으로 교실에 앉아 있는 것이 편했다.

민폐 끼치지 않는 건 누구보다 자신이 있다. 아주 어릴 적부터 웃음도 조용했고 말도 조심스러웠다. 그런데 실은 매일매일 엄청나게 까불고 싶었다. 살면서 한번쯤 아주 개차반처럼 살아보고도 싶었다. 하지만 세들어 살거나 엄마 친구네에 얹혀사는 동안에도, 캐나다 이모 집에 머물며 양자 수속을 밟는 기간에도, 전처의 부모님 집에서 데릴사위처럼 지내던 시기에도 나는 시끄럽게 존재할 상황이 아니었다. 내가 남이 하는 칭찬에 반발심이 생기는 까닭을 모를 리 없다. 모든 칭찬이 싫은 게 아니라 내가 남한테 잘한다는 칭찬이 싫은 것이다. 가령 글을 잘 쓴다는 칭찬은 온전히 나를 향하고 있기에 언제 들어도 좋다. 하지만 타인에게 선하고 친절하다는 칭찬은 듣고 싶지 않다. 나는 감정적으로 얽히기 싫어서 타인에게 잘한다. 나는 다른 사십대에 비해 노동을 덜 하고 있어서 가족을 향해 미소 지을 시간과 체력이 남는 것이다. 나는 남에게 폐가 되지 않으려고 노력할 뿐이다.

나는 어디로 이사하든 일층에 살기로 했다. 집에서 걸을 때조차 아래층을 신경써야 한다면 내가 나를 정말로 싫어하게 될 것만 같다.

산수냉면에 앉으면 말이 많아진다

산수냉면

　한때는 무슨 음악을 좋아하느냐는 질문이 참 곤혹스러웠다. 한 해를 통틀어 대여섯 곡이나 새로 들을까 말까 한 게 음악이라, 대충 근래 들었던 곡명을 떠올리기조차 쉽지 않았다. 2024년 노래방엘 가서도 서태지의 〈마지막 축제〉나 누르고 있는, 21세기 이후로 업데이트가 전무한 선곡 리스트에 안절부절못하는 자가 바로 나다. (이 시인 녀석은 취하면 20세기 말에 나온 영화 〈아마겟돈〉 ost를 부른다고요!) 또하나 곤란한 것이 음식 질문이다. 반죽을 대충 두껍게 뜯어낸, 멸치육수에 딱 감자 정도만 들어간 수제비를 좋아하긴 한다. 하지만 수제비집이 원체 잘 없고, 건더기 두툼한 곳은 더 드문데다, 국물까지 맑게 나오는 집은 못 봤다. 국이든 반죽이든 포기하고 먹자면 수제비집이 없는 건 아닌데 타협할 바엔 그냥 딴 거 먹자는 식이다. 그리고 수제비를

뺀 수많은 딴 음식에 관해서는 취향이랄 것이 없는 편이다.

책향기로에 냉면집이 생겼다. 그럭저럭 수제비의 대체제인 칼국수 잘하던 집이 자리를 빼자, 몇 주 후에 '산수냉면'이라는 상호가 새로 붙었다. 자주 가던 파주 어디 수제비집이 사장 바뀌고 맛이 변한 뒤로는, 밀가루 음식 떠오르면 고민 없이 가던 곳이 문을 닫은 것이다. 잔디가 좋아하는 보리밥집은 성업인데 어째서 나의 음식점들은 주인 바뀌고 폐업하고 난리일까 싶었다. 하필 동네에 흔한 냉면집이 하나 더 생긴 것도 아쉬웠다. 배고프고 울적한 상태로 잔디를 앞세워 가게에 들어섰다. 예전 칼국숫집 인테리어를 거의 그대로 두고 장사하는 걸 보니 더욱 심란했다. 계절 메뉴로 대충 장사하다가 떠날 심산이라 인테리어 비용마저 아끼려는 걸까 의심스러웠다.

그렇지만 결국 냉면 맛이 좋아 웃으면서 식당을 빠져나왔다고, 미각을 자극하는 어떠어떠한 요소가 훌륭했다고 글을 마치면 될 텐데, 음식 맛에 관해서는 기대와 감동을 덜 드러내며 살아온 탓에 황홀한 맛이야! 같은 단순 형용만 머리에 맴돈다. 물냉면 위에 식초를 예 닐곱 번은 쏟아 둘러야 먹을 만하다고 여기니 어차피 모든 냉면은 신맛으로 공평해질 뿐인 것을. 나에게 냉면이란 항상 물냉면이고, 그 물냉면의 맛은 테이블이랑 화장실만 깨끗하면 나머지는 식초가 다 해준다. 그러므로 올여름 내내 매주 한끼라도 여기 냉면을 꼭 먹으리라 다짐한 건 황홀한 맛(?) 때문만은 아니다.

산수냉면에 앉으면 말이 많아진다. 고작 대여섯 가지 메뉴를 두고 잔디와 천천히 이야기하며 고민한다. 가게 들어서자마자 음식 시키고, 수저 챙기고, 미리 따뜻한 물까지 떠온 후에도 왠지 부산한 마음에 시계나 쳐다보는 식으로 식사가 시작되지 않는다. 산수냉면에서만 유독 여유로워지는 게 무슨 이유인지 잔디와 얘기를 해봤다. 푸른 산과 맑은 시내를 붓질한 듯 형상화한 '산수'라는 상호명이 벌써 보기에도 평화로운데다, 실내 공간에 비해 띄엄띄엄한 테이블 덕에 옆자리를 신경쓸 일도 없다. 무엇보다 중요한 건 홀을 지키는 직원(사장일 수도 있다)의 서두르지 않는 태도다. 그분이 실제로 둔하다거나 게을러 보인다는 뜻이 아니다. 냉면 올라간 카트를 밀고 다가올 때, 그 냉면과 만두를 우리 테이블에 올릴 때, 그리고 빈 카트의 방향을 틀어 주방 쪽으로 물러나는 순간까지의 모든 동작이 고요하고 정갈하다. 재차 말하지만 동작이 굼뜨다는 게 아니라(물론 아주 손 빠른 분들에 비하면 느릴지 몰라도) 그저 느려 보인다는 것이다. 그분의 차분한 표정과 깨끗한 앞치마 주위로는 시간이 더디게 흐르므로 잔디와 나는 덩달아 여유롭다.

주말 점심에 산수냉면을 찾았다. 한창 바쁠 시간이라 평일에 비해 북적였고, 주문은 그날 처음 보는 직원이 받았다. 그래서 실망했느냐고? 여러 번 가보니 어차피 홀에 있는 얼굴은 수시로 바뀐다. 우리 자리 쾌적하자고 다른 손님이 덜 들길 바라는 막돼먹은 인성도 아니다. 테이블이 다 차고 직원이 달라도 산수냉면은 평화롭다는 게 우리 부부의 결론이다. 이유를 꼬집어낼 수는 없지만 주말에 본 직원도 평일 저녁의 직원도, 첫날 그 직원처럼 서두르는 일 없이, 카트를 밀고 주문을 기다리고 계산을 해주었다. 혹 여름철만 장사하고 떠날 집일까봐, 이제는 화가 나는 게 아니라 있을 때 한 번이라도 더 와야겠다는 마음이다. 참, 여기 매운 냉면은 죽도록 맵다. 나 매번 하듯이 제발 덜 맵게

해달라고 미리미리 사정해야 살아남을 수 있다.

동그라미를 조금 작게 그리면 된다

저녁을 때울 만한 식거리를 사러 들른 마트에서 상주 캠벨 한 상자를 사 가지고 나왔다. 고당도를 자랑하는 색 고운 포도들이 인기라는데 나는 신맛이 없는 과일에는 손이 안 간다. 차 안에서 찐 옥수수로 배를 채운 아이를 간단히 씻겨 재우고 책상 앞에 앉았다. 그제야 살구가 보인다. 종일 함께했지만 어떻게 지냈는지 알 수 없는 살구. 살구는 펫숍에서 데려온 반려견이다. 유기묘 한 마리를 입양하고자 했던 상혁이 나의 호들갑으로 유리 케이지에 갇힌 강아지를 데려오게 된 것이었다. 사람이 어슬렁거리면 꼬리를 흔들고 창을 긁는 다른 강아지들과 달리 살구는 사람을 귀찮아하는 것처럼 보였다. 잠깐 쳐다보다가도 금방 시선을 돌리거나 방석에 몸을 파묻고 움직일 생각을 안 했다. 약해서 그런 것 같지는 않았다. 몸에 비해 머리가 큰, 무심

한 눈빛의 털북숭이에게 마음이 끌렸다. 하루만 고민
해보겠다는 상혁의 확답을 기다리느라 밤새 애가 탔
다. 바로 다음날 오픈 시간에 맞추어 펫숍을 찾았다.
우리와 간발의 차로 펫숍에 들어온 가족도 살구를 입
양하려던 것 같았다. 우리가 아니었다면 살구는 그 가
족과 함께 살았을 것이다. 아주 어린 남매가 있는 그
집에 입양 갔다면 힘들었을 거라고, 알레르기가 있는
줄도 모르고 아이들이 흘린 간식 부스러기를 주워 먹
다가 크게 아팠을 거라고, 그러니 우리와 함께 살게 된
살구는 운이 좋은 거라고 생각했었다. 그러나 이제는
그렇게 생각하지 않는다. 나는 운 좋게도 살구와 가족
이 되었다.

우리는 매일 북서울 꿈의 숲을 걷고 뛰고, 산책로가
난 아파트 근처 산중턱에 올랐다. 주유소와 공원과 웨
딩홀 등이 밀집하여 더없이 복잡한 동네였지만 우리
산책로는 인적이 드물었다. 내가 언덕에 서서 도로와
건물을 내려다보는 동안 몸줄을 잠시 벗은 살구는 커
다란 원을 그리며 정신없이 공터를 달렸다. 우리는 그
시간을 좋아했다. 살구가 코를 대는 곳곳을 함께 들여
다보며 계절과 이웃 강아지들의 흔적을 탐색했다. 상

혁과 내가 결혼을 결심한 것도 전원주택을 계획하느라 파주 땅을 찾게 된 것도 살구 때문이다. 이 작은 개를 딸처럼 여기며 우리 인생은 크게 바뀌었다.

상혁과 나는 어느 고등학교 원형 강당에서 결혼식을 올렸다. 하객들이 계단에 둘러앉았고 우리는 계단을 밟고 내려가 하객들을 올려다보며 각자 준비한 프레젠테이션을 했다. 서로의 가족에게 자기소개를 하고 싶었다. 물론 그 자리에 살구도 함께했다. 결혼식 전날 깔끔하게 미용도 하고 케이프도 둘렀다. 우리가 식을 진행하는 동안 내 친구 소영이 살구를 맡아주기로 했다. 자기소개를 먼저 끝낸 내 눈에 친구 품에서 발버둥치는 살구가 보였고, 나는 가볍게 손짓을 했다. 살구는 곧장 우리에게 달려왔다. 상혁이 자연스럽게 살구를 품에 안아 들었다. 우리는 셋이 결혼한 것이나 다름없다.

며칠 전 지인이 어린 강아지를 데리고 우리집에 방문했다. 이제 갓 한 살을 넘겨 호기심이 왕성하고 발랄한 강아지였다. 거침없이 탐색하고 함께 있는 모두에게 애교 부리는 그 강아지를 살구가 바짝 붙어 경계하는 모습이 낯설었다. 강아지가 나에게 달려와 목덜미를 만져주려는데 살구가 무섭게 짖으며 강아지와 싸웠다. 그러고는 내 무릎에 올라왔다. 기특하면서도 놀랐고 가여웠다. 그동안 살구는 질투를 모른다고 생각했기 때문이다. 고양이들을 집에 데리고 올 때도 아이가 태어났을 때도 살구는 나와 상혁 다음의 보호자가 되어주었다. 호두만한 작은 뇌로 가족이 무엇인지 이해하고 우리 삶을 배려하는 듯 항상 의젓했었다. 이따 우리 같이 걷자, 동네 한 바퀴 돌자. 무릎 위에 누운 살구한테 속삭여주었다.

전원주택에서의 생활은 생각만큼 살구의 삶에 득이 되진 않았다. 풍뎅이길이 워낙 걷기 좋은 동네라 덕을 봤다면 봤다. 하지만 고양이들을 함께 키우느라 살구가 마당을 자유롭게 오갈 수 없었고, 마당에 나가 배변을 해결하면 산책을 거르는 날도 많았으니 말이다. 살구가 견디고 기다려준 덕에 아이가 벌써 여섯 살이다. 아이가 유치원에 제법 오래 있어주니 살구와 보내는 시간도 늘었지만 문제는 아이가 큰 만큼 살구도 나이를 먹었다는 거다. 아무리 더운 날에도 한 시간쯤은 거뜬히 걷던 살구인데 이제 조금만 산책이 길어지면 쉬겠다고 주저앉는다. 그렇다고 우리가 동네 한 바퀴를 포기할 수는 없다. 살구가 좋아하는 동그라미를 조금 작게 그리면 된다.

편의점 9월중 입주 예정!

달맞이공원

시간이 한참 지나 돌아봐도 아찔한 순간이 있다. 경기도 한적한 곳에 주택을 짓고 살아보자 결심하고 나와 잔디가 먼저 물색한 지역은 양평이었다. 어느 날 어머니와 잔디, 살구를 차에 태운 채 나는 무작정 양평 쪽으로 방향을 잡았다. 고속도로와 국도를 따라 대충 달리다가 느낌 좋은 장소가 보이면 근처 부동산에다 문의해보겠다는 계획이었다. 지금 글을 쓰면서도 헛웃음이 난다. 무작정 단독주택을 짓겠다는 생각도, 눈대중과 감으로 집 올릴 땅을 찾으려는 생각도 말이 안 된다. 아니, 애초 잔디 부모님께 정식으로 결혼 허락을 받기도 전이었다! 그저 당시에는 뭐에 씐 게 아니었나 싶게 마음이 급했다. 어떤 일에도 크게 고집부린 적 없던 내가 어쩐된 일인지 그때만큼은 불굴의 의지로 일을 추진해나가는 중이었다.

양평에서 처음 가본 곳은 십여 가구가 모여 있는 작은 마을이었다. 국도 말고는 주변에 마트나 카페, 작은 음식점도 보이지 않았다. 마을 진입로에 대형 컨테이너 건물이 서넛 있었을 뿐이다. 그래도 오 킬로미터 떨어진 곳에 아파트단지가 있으니 필요하면 그곳 상점가를 이용하면 되겠지 싶었다. 여기까지 쓰니 또 헛웃음이 난다. 주변에 아무것도 없는데 대체 뭐가 된다는 말인가. 중개사 말로는 한적한 터를 찾는 거라면 여기보다 좋은 곳이 없다 했다. 이렇게 평평한 백오십 평 땅 위에는 뭘 지어도 대박이라고 했다. 게다가 당장 계약서를 쓰면 자기가 땅 주인을 설득해 평당 십만 원은 깎아보겠다고도 말했다. 다행히도 설명을 듣는 내내 잔디의 표정이 영 좋지 않았다. 중개사와 헤어지고 나서도 땅이 예쁘고 마을도 조용해서 좋다고 말하는 나를, 그날의 잔디가 잘 설득해준 것에 지금도 감사하고 있다.

  두번째로 찾은 곳은 대규모 아파트 단지 바로 뒤편의 산을 깎아서 만든 전원주택 단지였다. 전체 서른 개 필지 가운데 착공 전 빈 땅이 대여섯 남은 상태였다. 아파트 상권이 코앞이고 전망도 확 트인 땅을 평당 백

팔십에 살 수 있는데 망설일 이유가 어딨느냐며 그곳 중개사가 계약을 재촉했다. 이때가 실로 진정한 위기였다. 나는 마음이 거의 넘어가 정신을 못 차리는 중이었기에 엄청나게 가파른 진입로도, 마을을 위태롭게 두르고 있는 절벽 같은 돌산도 안 보였다. 우리 어머니는 한술 더 떠서, 아까 거기도 괜찮은데 이번에는 여기도 좋네 하고 있었고, 심지어 잔디마저 이미 완공된 다른 집들의 널찍한 마당과 깨끗한 박공지붕에 어느 정도 홀린 듯했다. 서울로 돌아가는 길, 우리는 방금 보고 온 가파른 중턱에 멋들어진 콘크리트 건물을 올릴 궁리로 엄청나게 들떠 있었다.

우당탕탕 일정을 마치고 우리는 돌아왔다. 다 좋은데, 계약하기 전에 파주도 한 번만 알아보자. 뜬금없이 그리 말하더니 잔디가 컴퓨터 앞에 나를 앉혔다. 추운 건 질색이라 양평보다 북쪽은 거들떠보지도 않는다고 내가 분명히 말했건만 하필 파주라니? 잔디가 하라면 우선은 하는 것이니, 온라인 지도로 파주 쪽 주택 단지 몇 곳을 찍어 대충 들여다보기 시작했다. 양평을 알아보기 전에 남양주나 하남 땅을 돌다가 높은 가격 탓에 기분만 상한 적이 많았다. 당시 마음에 드는 자리는 하나같이 평당 오륙백이 넘었고, 땅 가격을 듣고 나서 멋쩍은 얼굴로 부동산을 빠져나오는 일을 그만하고 싶었다. 잔디와 함께라서 그런 경험을 하는 게 더욱 싫었다. 없는 돈에 단독주택을 지어보겠다며 아등바등 자투리땅 찾는 일을 그만두고 싶었던 것이다. 분수에 맞지 않는 계획 때문에 내 분수가 드러나는 게 불편했던 것 같다.

돌아보면 그때 망할 뻔했던 집안을 잔디가 살렸구나 싶다. 그날 잔디가 파주 얘기를 꺼낸 덕에 풍뎅이길에 자리를 잡을 수 있었다. 지난 오 년간 살면서 그토록 우리가 사랑했던 길과 집이었다. 그런데 얼마 후에 우리는, 우리가 지금 걷고 있는 여기 해바라기길 옆 아파트로 이사할 예정이다. 예전 집은 팔렸고 새로 들어갈 아파트 계약금도 걸었다. 아쉽지는 않은지, 좋은 기억이 많은데 정말 떠나도 괜찮은지 서로에게 묻고 또 물었다. 이사할 곳을 미리 걸어보겠다고 굳이 차를 몰아 여기까지 달려온 오늘 역시, 우리는 서로의 생각을 캐고 또 캐는 중이었다.

'편의점 9월중 입주 예정!' 해바라기길 산책중 신축

건물에 붙은 문구를 바라보며 내가 호들갑을 떨었다. 새 편의점이 생기면 이사 오는 우리한테 딱이네! 나를 쳐다보던 잔디가 꼭 나처럼 속없이 따라 웃었다. 요즘 우리는 이사 생각뿐이다. 이토록 미련이 없다니 헛웃음이 난다. 해마다 주택을 관리하는 일에 지치기도 했고 지금보다는 사람이 많은 동네에서 문채를 키워보고 싶다는 욕심도 있다. 이전 것이 싫어서가 아니라 새것이 더 좋으니까, 그렇게 기대가 미련을 덮는 식으로 새로운 감정이 만들어진다.

산책을 마치고 차에 올라서 풍뎅이길로 돌아가는 길, 우리는 방금 걸었던 해바라기길과 바로 옆 달맞이 공원이 구체적으로 어떻게 아름다운지에 대하여 수다를 떨었다. 새로 이사할 아파트 앞 공원, 저 넓은 녹지가 다 우리 마당이나 다름없다며 즐거워했다. 그러는 동안 자유로를 빠져나와 가로수 길게 이어진 필승로와 맞닥뜨리니 문득 죄책감이 들었다. 시야가 서서히 쪼그라들다가 아예 깜깜해지는 기분이었다. 가끔은 꼭 찾아올게. 이렇게라도 중얼거리지 않으면 견딜 수 없는 잠깐이었다.

무엇이 되고자 품는 마음들이 모여

교하도서관

우리 아이는 늙어서 할머니가 되고 싶어한다. 누나들처럼 아름다워지길 기대하고 친구들과의 놀이 시간엔 엄마 역할을 맡길 원한다. 너는 남자고, 남자는 여자가 될 수 없다고 단호하게 선을 긋는 짝꿍과 싸워서 자리를 바꿨다. 남잔데 왜 치마를 입어? 왜 머리핀을 해? 왜 엄마를 하려고 해? 자꾸 묻는 친구들에게 자기는 커서 여자가 될 것이고, 그건 가능한 일이라고 주장하다가 함께하고 싶은 놀이에 끼지 못했다고 한다. 선생님은 아이들에게 혼란을 주지 않기 위해 엄마는 여자가, 아빠는 남자가 하는 게 맞다고 이야기하였고…… 아이는 서러워서 울었다고 했다. 선생님이 잠재워주려한 혼란한 마음들 가운데 우리 아이 마음은 없었다.

아이는 여자로 살기를 선택할 수도 있다. 그게 정말 괜찮은지 나에게 묻는 사람을 이해할 수가 없다. 선택할 수 있는 기회도 권한도 없는 일에 나는 마음을 쓰지 않는다. 다만 반짝이 구두, 꽃무늬 치마, 보석 스티커로 자신을 꾸미거나 티브이와 책에서 본 똑똑한 여자아이 이름으로 자기를 불러주길 원할 때, 그 사소한 선택들이 대단히 큰 실수라도 되는 듯 꼭 짚고 넘어가는 타인들의 목소리는 괜찮지가 않다. 지금 당신의 편협한 생각이 우리 아이를 주눅들게 하고 있다고 따지고 싶다. 그러나 이런 분노가 입속에서만 맴도는 이유는 내 화를 아이에게 들켜서는 안 되기 때문이다. 잘못된 생각이 잘못되었다는 건 손잡고 집에 가는 길에 알려준다. 엄마가 싸우면 아이는 이 문제를 큰일로 느낄지도 모르니까.

매주 교하도서관에서 만나기로 약속했던 가장 친한 친구가 얼마 전 일산으로 이사를 갔지만, 아이와 나는 도서관 앞으로 이사를 와 책과 친해지자는 다짐을 이어가고 있다. 도서관에 책을 빌리러 오지 못하는 주엔 강아지 살구를 데리고 도서관 뒤로 난 숲길을 오른다. 조금만 가면 잔디가 깔린 꽤 넓은 공터가 있는데 주변을 살펴 잠깐 살구의 목줄을 풀어줄 수도 있는 곳이다. 신이 나서 전력을 다해 달리는 살구를 따라서 살구를 이기려는 문채가 뛴다. 둘이서 함께 뛰면 기쁨도 귀여움도 두 배가 된다. 달리는 내내 얼굴에서 미소를 거두지 못하는 건 아이도 개도 마찬가지다. 어디서 읽은 숲 탐험 이야기를 떠올린 아이는 곧 탐험가로 변해 가방에 챙겨온 종이 위에 도토리나 나뭇잎 따위를 올려 놓고 연필로 외곽선을 딴다. 어쩌면 문채는 그저 아름다움에 끌리고 있는지도 모른다. 주울 수 있는 건 주워 관찰하고 만지고 또 꺾을 수 있는 건 꺾어 꽃다발을 만들고 싶어한다. 열심히 사는 개미를 실수로라도 밟아선 안 된다고 걷는 내내 주변 어른들한테 주의를 주는 것도 잊지 않는다. 고양이를 볼 땐 고양이가 되고 강아지와 달릴 땐 강아지가 된다.

어린 시절 무엇이 되고자 품는 마음들이 모여 아이의 미래를 결정할 것이다. 자신의 성별과 무관하게 여성을 존중할 것이고, 차별 없는 사랑을 베풀 것이고, 먼저 인사를 건네고 상대의 마음을 헤아릴 것이다. 우리집 여섯 살은 공벌레도 되고 선풍기도 되고 로자 파크스도 된다. 하루에도 대여섯 가지의 다른 삶을 살아본다. 여섯 살에 그러지 않으면 다시는 배울 수 없는 게 있다는 걸 아는 건지…… 그림을 그리느라 풀밭에 다리를 쭉 펴고 앉아 스스로 니은이 된 아이의 머리통이 앞으로 쏟아질 듯 쏟아질 듯하다. 아이가 고개를 든다는 건 무언가 완성했다는 것이다. 자랑거리를 흔들며 달려오는 얼굴에 기쁨이 가득해서 이 아이가 남자아이 같고 여자아이 같고 천사 같았다.

아이까지 키우게 될 줄은 몰랐지

교하도서관

　지혜의숲이 문화생활 즐기기 좋은 도서관 맛 카페에 가깝다면 교하도서관은 우리가 흔히 생각하는 책 빌리러, 공부하러 가는 그 도서관이다. 문예지와 아동잡지가 많아서 글 쓰고 아이 키우는 나를 위한 도서관이라는 생각에 어쩐지 더욱 정이 갔다. 그렇게 정만 넘치고 몸은 따르질 않아서 자가용으로 오가며 쳐다보는 게 전부였던 곳인데, 어느 봄날 잔디가 교하 어디에 있는 중국 마사지를 예약했다기에, 당시 생후 팔 개월 아이를 혼자서 맡게 된 김에 미루고 미루던 도서관 회원증이나 만들러 가보자는 나름의 계획을 세웠다. 난생처음 받는 마사지에 설레면서도 문채 걱정을 떨치지 못하는 잔디에게 천천히 하고 나오라며 나는 호기를 부렸다.

상가 건물 지하에 주차를 한 다음 트렁크에서 크고 무거운 유아차(무조건 크고 무거워야 진동이 적어서 아기 뇌가 안전하다는 이야기를 듣고 산 것이다)를 낑낑거리며 꺼냈다. 처음에는 모든 게 신났다. 유아차 속 아이는 벌써 잠들었지, 봄이라고 햇살은 한층 따뜻해졌지, 이런 게 갓난애 돌보는 아빠의 행복이라는 감상에 빠져, 울퉁불퉁한 길을 따라 유아차 미는 일이 그리 수월하지 않았음에도 입에선 동요가 절로 흘러나왔다. 그러다가 무심코 만져본 아이 발이 차가워서 덜컥 겁이 났다. 걷는 나와 가만히 잠든 아이의 체온 차이를 신경쓰지 못했다. 얼른 조끼를 벗어 아이의 몸을 덮었다. 틈새가 뜨면 행여 찬바람이라도 들까 몇 걸음마다 유아차를 멈추고 조끼의 가장자리를 손으로 꾹꾹 눌러보았다. 평소 잘 하지도 않던 산책을 하겠다고 부러 길을 돌아서 온 일이 후회막급이었다.

도서관에 도착하니 진이 빠져 손발이 저렸다. 회원증을 만들겠다던 계획은 떠오르지도 않았다. 삼층으로 냅다 올라가서 라면 하나를 주문하고 앉으니, 그제야 점심시간을 훌쩍 넘겨 마침 쉬는 중이던 조리사분 눈치가 보이기 시작했다. 아이가 깨지 않도록 왼손으로 유아차를 밀었다 당기길 계속하면서 젓가락을 쥔 오른손으로는 뜨거운 면발을 허겁지겁 입으로 가져갔다. 말라빠진 김치와 단무지 반찬뿐이지만 문채가 눈이라도 뜨면 그때는 이마저도 호강으로 느껴질 것이었다. 그러나 결국 아이는 울기 시작했고, 음식은 다 못 먹었고, 한 팔로 아이를 안은 채 급히 도서관을 빠져나왔다. 되돌아간 상가 앞에는 원활한 혈액순환으로 얼굴 벌게진 잔디가 서 있었다. 내가 도서관을 다시 찾아 회원증을 만든 건 그로부터 한 해가 지난 후의 일이다. 그나저나 이게 벌써 삼 년 전이라니. 팔 개월 아이가 어느새 다섯 살이라니.

최정례 시인의 시 「동쪽 창에서 서쪽 창까지」를 읽는다. "이런 식으로 살기로 선택한 것은" 너지만 "이런 식으로 살게 될 줄" 몰랐다는 말. 고작 몇 년 아이 좀 키워봤다고 '이런 식으로 살게' 되었다면서 때 이른 한탄이나 하려는 것은 아니다. 글 쓰고 아이 키우며 사는 나를 돌아볼 때면 저 말이 참으로 절묘하다 느낄 뿐이다. 시를 쓰며 살기로 선택한 것은 바로 나야 그러나 십 년이 넘도록 쓰고 있을 줄은 몰랐지, 결혼하기로 선택한 것은 바로 나야 그러나 아이까지 키우게 될 줄은 몰랐지 등등의 변주가 머릿속에서 꼬리를 문다. 잔디가 워낙 도서관을 지루해해서도 그렇겠지만, 내가 아끼는 파주의 여러 장소 중 나중에 문채랑만 와보고 싶은 곳은 교하도서관이다. 도서관 정면 널따란 계단 위에 걸터앉아서 아이와 눈 맞추며 책도 읽고 김밥도 먹고 싶다. 찬바람 불던 아주 오래전 봄날, 그 마사지의 날에 너를 그렇게 열심히 돌봤었다며 좋은 아빠 티를 내보려는 마음도 있다.

누구도 누구를 침범하지 않으면서

교하중앙공원

　남편과 대화를 나누다 누군가의 이름이 입에 오르면 그를 처음 만났던 때를 구체적으로 기억해내려 애쓴다. "내가 그 사람 첫 만남부터 알아봤잖아!" 지금 그에 대해 우리가 느끼는 호의적인 마음, 적대적인 마음이 첫인상부터 이어진 것인지를 따져보는 것이다. 이런 대화가 심심치 않다보니 하나의 놀이처럼 느껴지기도 한다. 잘 알지 못하던 사람의 선하고 악함을 짧은 순간 누가 더 잘 알아챘는지, 그런 판단이 우리의 마음을 보호했는지 아니면 오히려 상하게 했는지 복기해본다. 그래서 우리가 내린, 그다지 과학적이지 못한 결론은 이렇다. 편견 없이 사람을 대하는 상혁이 좋은 사람을 더 잘 알아보고, 왜소한 여자로 대해졌던 내가 나쁜 사람을 더 잘 알아본다는 것. 관상은 과학이라는 유행어를 남편도 나도 자주 쓰는 편이다. 기사를 읽다가,

친구의 근황을 전해 듣다가, 사소한 시비가 붙은 사람들 곁을 지나가다가도 우리의 체계적이지 못한 관상학은 수시로 발동된다.

이런 놀이가 막 시작되었을 때 나는 내가 이상한 눈을 가졌다는 걸 알아챘고 몇 번은 혼란스러웠다. 여러모로 못된 사람이 분명한데 선한 사람이라고 믿게 되는 특정한 인상을 발견한 것이다. 얼굴색이 붉거나 검은, 마르고 고집이 세 보이는, 불콰한 눈빛을 가진 중년 남성. 아빠를 등치고 떠난 아빠의 몇몇 친구들, 아빠를 통해 인생을 배웠다며 우리 가족에게 선하고 성실한 얼굴을 보여주던 사람들, 그들 인상이 꼭 그랬다. 아빠의 오랜 친구임을 강조하며 나에게 호기롭게 지폐 몇 장을 쥐여주던 삼촌들이 떠올랐다. 보통 그들은 돈이든 마음이든 아빠의 많은 걸 훔쳐갔다.

매력적인 이야기를 좋아하는 우리집 여섯 살 아이가 육 개월째 그리스 로마 신화에 빠져 있다. 분수대 앞 길게 늘어선 그리스 신 석상들을 구경하겠다며 유치원 하원 길에 교하중앙공원에 들렀다. 언제나 그렇듯 아이는 만나는 모든 이에게 인사를 하고 몇 마디 나

눌 수 있기를 기대했다. 대낮 한적한 공원을 슬렁슬렁 산책하는 사람들 가운데 아이와의 짧은 대화를 꺼리는 이는 거의 없다. "다음 달부턴 다리 아래 물이 찬대. 분수에 물 들어오면 정말 멋지겠다." 문채에게 안내 표지판을 읽어주었지만 아이는 실망하지 않는 듯하다. 오히려 물이 빠져 다리 아래로 신나게 들락거릴 수 있었다. 물길의 마른 자갈이 걸을 때마다 기분 좋은 소리를 냈다. 갑자기 문채가 까치를 가까이 보겠다고 단숨에 그늘 쪽으로 달렸다. 아이가 달려가는 방향으로 한 중년 남자가 보였다. 아이에게 그쪽으로 가지 말라고 소리치면서 나는 조금 무서워졌다. 표나게 무뚝뚝한 얼굴로 벤치에 앉은 그 남자를 보며 쉽게 나쁜 상황을 떠올린 것이다. 내가 빨리 달리지 못할까봐 무서웠다. 뜨거운 공원의 너른 그늘을 혼자 차지한 채 아이와 나를 향해 짜증을 드러내는, 저 괘씸한 관상을 몰라봤던 시절이 수치스러웠다.

어쩌면 내가 상상하기 어려운 참담한 일을 당한 사람은 아닐까? 다가오는 사람 전부를 불쾌하다는 눈빛으로 노려봐야만 가까스로 마음을 감당할 수 있는. 남자의 눈빛에 얽힌 사연을 상상해가면서 그에게 쓸데없이 공격적인 감정을 품은 건 아닌지 반문해보았다. 그런데 더 나아가 그를 이해해보려는 노력은 왜 하는 것인지. 일이 잘 풀릴 것 같을 땐 만 원짜리 한 장으로 내 마음마저 사려 했다가 아버지와 일이 꼬이면 내 존재를 땅바닥으로 찍어 누를 듯한 눈빛을 던지던, 그렇게 사라진 삼촌들에게 그럴 만한 사정이 있었으리라 이해하려 애쓰던 시절이 생각났다. 실망한 얼굴로 내 편으로 되돌아오는 아이를 일부러 더 반겨주면서 나는 어떤 눈빛에 대한 이해를 멈추기로 했다.

공원을 빠져나오는 길에 연못에 가만히 떠 있는 자라를 발견했다. 죽은 것인가 했는데 한순간 빠르게 흐린 물 아래로 사라졌다. 그걸 보니 기분이 나아졌다. 한국, 프랑스, 이탈리아, 영국, 중국, 일본의 정원을 테마로 공원을 구성한 누군가의 기획이 엉뚱하게 느껴져 또 웃음이 났다. 공원의 입구 쪽에는 유아차를 끄는 엄마들이 몇 있었다. 다리가 아픈 다 큰 딸, 그런 딸의 재활 운동을 돕는 어머니가 보였다. 해를 가리는 천 모자에 선글라스를 쓴 멋쟁이 할머니들이 모여 있었다. 누구도 누구를 침범하지 않으면서 간간이 불어오는 선선한 봄바람에 아- 하는 탄성을 공유하는 사람들. 내가 기꺼이 마음을 써서 이해하고 싶은 이웃들은 그런 사람들이다.

나는 내가 아는 그 어른처럼은 살고 있지 못하다

두일마을

"내가 살면서 제일 황당한 것은 어른이 되었다는 느낌을 가진 적이 없다는 것이다."● 잊을 만하면 누군가 다시금 찾아내 각종 SNS로 퍼뜨리는 글이라 평소 같으면 고개 몇 번 끄덕이고 말았을 텐데, 얼마 전 풍뎅이길에서 책향기로로 이사를 하며 어설프게나마 어른 역할을 해냈다고 뿌듯해하던 차에 저 문장을 마주치니 사뭇 내용을 곱씹게 된다. 나는 롤 모델이라는 말을 싫어한다. 아빠가 없어서 그래, 보고 배울 사람이 없잖아, 롤 모델이. 우연일 수도 있겠는데 어린 시절 내 앞에서 아들이 본받아야 할 사람으로 아빠를 꼭 집어 강조하는 사람들은 대체로 롤 모델이라는 말을 덧

● 황현산, 『내가 모르는 것이 참 많다』(난다, 2019)에서. 원문은 2015년 1월 29일 오전 11:22에 트위터로 작성되었다.

붙여서 내 속을 뒤집어놓곤 했다. 성품이 훌륭해서 정말 모범이 될 만한 아버지도 있고 옆 산에 구르는 하찮은 돌같이 봐야 할 아버지도 적지 않을 것이다.

어릴 적 우리집 어른은 할아버지였다. 우선 그는 서너 시간을 거의 꼼짝 않고 티브이 앞에 누워 야구를 시청하곤 했다. 다른 일을 하다가 슬쩍슬쩍 보는 수준이 아니라 담배와 과일 몇 조각으로 그 길고 지루한 공놀이를 하나하나 살폈다. 다 커서도 야구를 견디지 못하는 나에게 야구 보는 친구들은 다 어른처럼 보인다. 할아버지에 대해 더 놀라웠던 건 정치 관련 뉴스에 그때그때 해설을 덧붙이는 솜씨였다. 야당 국회의원이 어떤 일로 수사를 받게 되었다는 소식에 저건 정부의 무슨 추문을 덮기 위한 것이라거나, 어떤 기업 회장이 큰 잘못을 저질러 몇 년 감옥에 가게 되었다는 뉴스에 저 사람 어차피 몇 달 후에 나올 거라는 식으로 말을 보탰다. 어린 내가 보기에는 사람들 다 보는 신문 방송이 거짓말을 할 리가 없는데, 할아버지는 그걸 곧이곧대로 듣지도 않을뿐더러 세상이 무슨 음모를 꾸미고 있으며 그 배후마저 짐작한다는 듯한 태도여서 놀랍기만 했다.

결정적으로, 집안 형편에 따라 매년 이사를 다니던 시절 할아버지는 그 모든 과정을 도맡아 처리했다. 복덕방과 동사무소 등을 수십 차례 오가며 챙겨온 서류들을, 작은 반상 위에 정말로 산처럼 쌓아두고 앉은 채 노트를 적어내려가던 모습은 잊히질 않는다. 컴퓨터나 스마트폰으로 일이 굴러가는 게 아니던 시절에 할아버지는 어떻게 주택 시세를 알아보았으며 어디서 주택청약 정보를 얻었던 것일까? 하여튼 전 재산이나 다름없던 전세 보증금을 조금씩 불리다가 결국 우리 가족이 작은 아파트나마 서울 복판에 분양받을 수 있었던 건 온전히 할아버지 덕이라고밖에 할 수 없다. 나 죽으면 이 집은 유나 줄 테니 그리 알고 있어. 이사하고 얼마 지나지 않아서 갑자기 이모 삼촌들을 집으로 다 부르더니 할아버지가 엄하게 이른 말이다. 그렇게 우리집 어른은, 세상 사는 재주도 없고 요령도 부족한 우리 모자에게 물려줄 아파트 한 채를 마련해놓고 그 집에서 이십 년을 더 살다가 임종을 맞았다. 그런 아파트를 팔고 파주로 왔으니 저세상에서 할아버지가 어찌 생각할지? 서울 부동산이 폭등하기 직전에 집을 팔고 나왔으니 좋게는 안 보려나, 아니면 돈이 무슨 대수냐며 깨끗하고 조용한 동네로 잘 왔다고 칭찬하려나.

운전면허를 따고 한 달도 지나지 않은 때였다. 내가 운전하는 소형차로 온 가족이 교회 다녀오다가 뭐에 씌었는지 정차중인 마을버스 꽁무니를 괜히 들이받은 적이 있다. 곧 출발할 참이었는데 망가진 뒤 범퍼를 언제 처리하느냐며, 버스에서 내린 기사가 큰 소리로 나를 몰아붙였다. 죄송하다는 말도 또박또박 못 뱉고 얼굴만 시뻘게서 겨우 서 있는 게 다였는데 눈앞으로 할아버지 뒤통수가 불쑥 끼어들었다. 그러고는 당신이 기사를 향하여 되레 목소리를 높이기 시작했다. 이거 받고 가쇼, 가! 방금 내 지갑 봤지? 있는 거 다 줬으니 가쇼, 가! 할아버지는 만 원짜리 넉 장을 다짜고짜 상대방 셔츠 앞주머니에 꽂아 넣더니만 당황한 기색이 역력한 기사 면전에다 시위라도 하듯이 텅 빈 지갑 속을 연신 까 보였다. 어르신 나이를 봐서 그랬는지 그는 몇 번 입맛을 다시다가 돌아섰고 그때까지도 나무토막처럼 서 있던 나는 할아버지 손에 떠밀려 겨우 운전석으로 돌아왔다. 밑지고 아파트 판 일을 할아버지는 어떻게 생각할까 짐작해보는 와중에 그날이 떠오른 것이다. 아무래도 할아버지가 돈 때문에 나를 못난 어른이라 혼낼 것 같지는 않다.

　두일마을은 꽃창포길과 금낭화길, 패랭이길로 얽힌
주택 단지다. 단독주택 관리에 학을 떼고 아파트로 들
어온 게 불과 한 달 전인데 이곳을 걸을 적마다 아쉽고
심란하다. 박공지붕이라 관리가 편하겠네, 나무 데크
를 저렇게 넓게 뺐으니 매년 오일 바르는 것도 일이지,
워낙 경사진 땅이라 토목공사로 몇천은 깨졌겠네 하며
속으로 남의 집에다 갖은 참견을 해보는 버릇도 한결
같다. 서울 아파트를 빨리 팔아버린 일을 후회하고 힘
들게 신축한 파주 주택을 감당 못한 걸 책망하는 쪽은
할아버지가 아니라 세상 미련 많은 나일 것이다. 사람
이 뭐는 할 줄 알아야 어른이라거나 뭐가 부족하면 어
른이 아니라거나 따위의 기준을 문장 몇 개로 정리하
기란 불가능하지만, 하여간 현재의 나는 내가 아는 그
어른처럼은 살고 있지 못하다. 나 아니고 할아버지였
다면, 여전히 그가 우리 집안의 정정한 어른이었다면
융자를 처리하는 데 애먹지도 않았을 테고, 등기소 업
무에 훤하니 이사 비용도 아꼈을 것이다. 아니다, 어쩌
면 애초 할아버지는 마당 있는 집을 포기하지 않았을
지도 모른다. 그렇게 그가 결정했다면 또 나는 군말 없

이 그 집에 남았을 것이다. 그런데 문득, 예전의 나를 비롯한 가족들의 그러한 군말 없음, 참견 없음이 그를 더 외롭게 만든 건 아니었는지 돌아보게 된다. 옆에 서류와 통장들을 쌓아두고 혼자 등을 돌린 채 앉아 있던 할아버지한테 귀찮은 말이라도 걸어볼걸 그랬다.

너와 나 둘만 남는다

  잘못 배달된 우편물을 찾으러 오랜만에 풍뎅이길에
다녀왔다. 풍뎅이길 가까운 아파트 단지에 목요일마다
장이 서는데 거기서 찐 옥수수를 간식으로 샀다. 서류
봉투에 담긴 시집과 계간지 몇 권, 고소하고 익숙한 냄
새를 차에 실어두고 살구와 걸었다. 매일 지나던 익숙
한 보행로가 오후의 따뜻한 빛을 받아 강아지의 발바
닥을 데워줄 것 같았다. 살구는 산책하는 내내 열심히
꼬리를 흔들었다. 살구의 기쁨은 아는 길로 접어들 때
주저하지 않는 발걸음에서, 항상 멈추던 곳에 코를 박
고 오래 머무르려는 고집에서 보인다. 어디선가 강아
지들은 규칙을 좋아한다는 이야기를 들었다. 사람 말
을 이해할 수 없으니 같은 상황에서 같은 보상이 주어
지길 바라는 것이리라 이해했다. 나를 이해하기 위해
살구는 나도 모르는 내 습관들을 기억하고 있을지도

모른다. 힘껏 흔드는 꼬리의 힘으로 나아가고 있는 게 아닌가 싶은 살구 엉덩이를 쳐다보며 익숙한 산책 코스를 어서 만들어줘야겠다고 생각했다.

자기 삶에 규칙을 만드는 사람들을 동경해왔다. 다른 건 별로 부럽지 않은데, 공책에 하루 계획을 일목요연하게 정리하는 사람은 늘 부러웠다. 운동과 독서를 꾸준히 하자거나 청소 잘하고 자주 보는 이웃에게 친절하자 같은 계획이야 어렵지 않다. 하지만 매일 같은 시간에 일어나 스트레칭하기, 아침에 먹을 샐러드와 커피를 밤에 미리 준비해두기, 기관지에 좋은 차를 텀블러에 항상 챙기기, 두꺼운 책을 한 달에 걸쳐 조금씩 나눠 읽기 등 구체적인 계획을 세우고 실천하는 사람은 놀랍다. 점심식사 후 설거지, 매주 토요일 강아지 발바닥 미용, 한 달 중 첫번째 일요일에 창틀 청소, 도서관 가는 길에 세탁소 방문 같은 세세한 일을 갑자기 알아차리고 깜짝 놀라 충동적으로 해치우는 게 아니라 자신에게 예고할 수 있다는 게 믿기지 않는다. 내일을 계획하려고 펜을 들면 뻔하게 예고된 것밖에 떠오르지 않는다. 누군가로부터 주어진 업무 말이다.

벚꽃이 만개하는 시기다. 나무 하나에 산수유 꽃이 정신없이 터졌다. 이사 오며 가져온 홍매화에도 분홍색 구슬이 잔뜩 달렸다. 땅에 심은 것이 전부 흙을 이고 올라오는 중이다. 뿌리만 가져오다시피 하여 겨우내 까까머리였던 팜파스풀 자리에도 초록빛이 보인다. 창밖이 말할 수 없이 아름답다. 커튼을 걷고 바라본 풍경에 오전 계획이 섰다. 아이 유치원에서 식물을 보내달라고 했는데 대충 키워도 잘 자라는 고사리를 하나 사오면 좋을 것 같았다. 꽃집을 핑계로 좀 오래 걸어보고 싶었다. 내가 그러자고 하면 따라주는 남편과 산책이면 무조건 좋은 강아지를 앞세워 집을 나섰다. 노을빛로를 따라 걷다가 달맞이공원을 지나 책향기로로 돌아오는 길이 마음에 들었다. 살구에게 이 길로 자주 걷자고 했다. 살구와의 약속은 열심히 지키지 않으면 나만의 실패한 결심이 되고 말 것이다.

집에 돌아와 살구를 씻긴 후 남편과 둘이서만 다시 걷기로 했다. 본래 계획은 책 원고를 마무리하는 것이었지만 내일 비 예보가 있으니 오늘 더 걷기로 했다. 도서관에 어린이 동화책을 반납하고 단지 앞 편의점에서 설탕 든 아메리카노를 얼음 컵에 담아 나왔다. 편의점에서 시작해 우리는 해바라기길과 유채꽃길을 구석 구석 돌며 동네 구경을 했다. 남편은 먼 미래에는 작은 주택으로 돌아가고 싶다 한다. 나는 작은 집이 싫지만 남편이 자꾸 말하면 머릿속에 그의 계획을 그려보게 되고 자꾸 생각하다보면 그런 삶도 괜찮아질 것 같다. 더 현실적인 미래를 고민할 때도 있다. 지금은 조금 일 하고 조금 벌면서도 나름의 기쁨을 누리고 있지만 이런 삶이 얼마나 더 가능할지.

유채꽃길 끝에 다다랐는데 펜스 아래로 멀리 커다란 농구 코트가 하나 보였다. 십대 시절 상혁의 유일한 즐거움은 농구였다고 한다. 가정 경제에 대해 진지하게 고민해보자며 막 이야기를 꺼낸 참이었는데, 농구 코트를 발견하자마자 남편 얼굴이 봄 풍경처럼 환하게 단순해진다. 나도 다르지는 않아서 아이 하원하면 당장 롤러블레이드와 농구공을 들고 다시 오자고 한다. 한 달의 절반 이상을 우리는 꼭 붙어 지낸다. 나누어 처리하면 금방 끝낼 일을 꼭 같이하려고 시간을 배로 쓴다. 함께하느라 게을러진 젊은 날들이 어떤 미래를 불러들일지 불안해하면서도. 미래의 나와 남편에겐 미안하지만 너와 나 둘만 남는다, 너와 나 둘이 산다, 계획은 그것뿐이다.

더 탈래요

마장호수 출렁다리

체코 단편영화 〈모스트〉(2003)가 관객에게 던지는 질문은 '트롤리의 딜레마'와 유사하다. 영화 속 남자의 업무는 열차 시간에 맞추어 도개교를 조작하는 일이다. 열차가 다가오면 도개교를 내려 열차의 선로를 잇고, 기차가 지나가면 도개교를 올려 다리 아래 뱃길을 확보하는 것. 사건은 선로 한가운데 설치된 기계장치 틈으로 남자의 어린 아들이 굴러떨어진 데서 시작한다. 이제 주인공의 선택지는 둘이다. 1) 선로 바깥 조작기로 도개교를 내리면 열차와 승객은 무사하지만 아들이 죽는다. 2) 도개교를 내리지 않으면 기차가 탈선하여 많은 사상자가 나지만 아들을 구할 수 있다. 실화를 바탕으로 했다는 저 이야기를 어디서 읽은 듯도 한데, 하여튼 영화가 되기 위해서라도 남자는 도개교를 내려 아들 대신 승객을 선택해야만 했다. 더워서 정말 죽겠

다 싶은 7월의 한낮, 마장호수 출렁다리 위에서 비틀
거리며 앞서 걷는 아이를 조마조마한 심정으로 바라보
면서, 하필 본 지 십 년도 넘은 그 영화가 떠올랐다. 그
러다가 다리 위를 걷는 저 수많은 사람과 내 아이의 목
숨을 저울질해보는 공상에 빠져들었다. 문채를 살리
기 위해 이 다리를 내 손으로 끊어야 한다면? 열차처
럼 길고 긴 출렁다리 위를 서로 손잡고 웃고 사진 찍으
며 지나가는 사람들 중에는 내 아이 또래도 많았고 그
런 아이를 품에 안고 행복해하는 잔디 또래의 엄마들
도 보였다.

〈모스트〉의 주인공 손에 들린 선택의 저울 양편에
는 단순히 아들의 목숨과 여러 승객의 목숨만 올라가
있었을까? 영화를 완전한 현실의 이야기로 바꾸어 생
각해보자. 그렇다면 자기 아이를 살린 남자에게 남는
것은 수십, 수백의 목숨을 외면했다는 죄책감만이 아
닐 것이다. 우선 그는 재판에 넘겨져 자기가 벌인 일에
관하여 민형사상 책임을 져야 하고, 그 과정에서 유가
족들과 미디어의 빗발치는 비난도 감수해야 한다. 또
한 아버지의 선택은 살아남은 아들에게 사회적인 낙인
으로 돌아올지도 모를 일이다. 이전과 비슷한 직업을

다시 구하기도 어려울 테니 생활은 더 어려워질 게 분명하고, 나중에 아이는 자신을 살린 아버지를 저주하게 되며…… 이처럼 꼬리를 무는 생각에서 문득 빠져나온 건 처음 영화를 봤을 때와는 달리, 영화적 설정에다 현실의 이런저런 변수를 굳이 집어넣고 있는 내가 낯설었기 때문이다.

영화를 접했던 십 년 전과 달라진 게 있다면 내가 현실을, 한마디로 돈 벌어 먹고사는 그 현실을 그때와 비교할 수도 없을 만큼 무겁게 느낀다는 점이다. 시 쓰려면 인생 망가지는 거 정도는 감수하라는 은사님 말에 고개 끄덕이며 창작을 시작하긴 했으나, 당시에도 연애고 취미고 다 버리겠다는 마음까진 아니었다. 그렇지만 시를 쓰지 않으면 평생 후회할 것이라 믿어 의심치 않았고 시보다 재밌어 보이는 일이 세상에 따로 존재할 것 같지도 않았다. 안 쓰면 괴로워서 썼고 읽지 않으면 불안했기에 읽었다. 그러다가 점점 미쳐서, 쓰고 읽을 시간이 모자라면 좋은 시인이 될 수 없다는 핑계로 잘 다니던 직장을 그만두겠다고 선언했을 때, 전처가 얼마나 당혹스러웠을지를 생각하면 지금도 마음이 무겁다. 그런 건 결코 아니었을 텐데, 내 속에 현실이 너무 많아서 시가 쪼그라든다고 여겼다.

출렁다리를 왕복하고 산책로로 내려가 수상자전거 한 대를 빌렸다. 아이는 페달에 발도 닿지 않으니 내가 두 배로 열심히 발을 굴러보는 수밖에 없었다. 둘 다 온몸이 땀이었는데 그나마 배에 속도가 붙으니 얼굴에 바람도 좀 스치고 살 만했다. 평일 오후라 이용객이 적어 마감 전까지 얼마든지 타도 좋다는 허락을 관리자에게 받아둔 터였기에 적어도 한 시간은 타겠거니 했는데, 아무리 힘껏 페달을 밟아봐도 옆에 앉은 아이 반응이 영 시원치가 않았다. 어쩐지 눈치가 보였다. 엄마 없이 둘만 멀리까지 나온 건 처음이라 더 애가 탔다. 엄마랑 놀면 훨씬 재밌었을 아이의 시간을 빼앗고 있다는 기분이 들었다. 문채야, 재미가 좀 없네, 아빠도. 우리 슬슬 다른 데로 갈까? 호숫가를 멍하게 쳐다보던 아이에게 최대한 부드러운 목소리로 마음에도 없는 말을 던졌다. 재밌느냐고 물어보는 일이 재밌어야 한다는 강요가 될까봐 마음이 쓰였다. 아녜요, 나는 기분이 좋아요. 더 탈래요. 그 말을 듣고 신이 난 내가 얼마나 세게 페달을 밟기 시작했는지는 굳이 말하지 않아도 짐작할 수 있으리라.

푹푹 찌는 날씨에 출렁다리 왕복이 힘들어서 그랬
는지 아니면 정말 배 타는 분위기를 즐겨서 그랬는지
아이는 평소와 달리 말수가 적었다. 그러면서도 내가
거듭 괜찮냐, 재밌냐고 물을 때마다 좋다고, 행복하
다고 대답해주었다. 내가 둘러봐도 우리 배만 떠 있는
호수 분위기가 신비롭고 아름답기는 했다. 아이의 통
통한 옆얼굴 뒤편이 온통 물빛으로 반짝이고 있었다.
물론 가장 빛나는 건 문채였고. 나는 사십 년간 꾸준히
현실주의자가 되어왔을 것이다. 하지만 앞으로 사십
년이 더 지나서 지금보다 더한 현실주의자가 되더라
도, 저 아이를 버리고 지킬 만한 세계가 있을 것 같지
않았다.

글월 문(文)에 필 발(發)

　안개 낀 듯 뿌옇고 어딘가 선명치 않은 기분으로 평생 살아온 것 같다. 한쪽 모서리를 잡고 흔들면 가볍게 찰랑이는 A4용지처럼 머릿속이 깨끗한 한 페이지로 펼쳐질 수 있다면 얼마나 좋을까. 머릿속에 타이핑을 한다면 내 뇌는 왼쪽 여백을 팔 센티미터쯤 잡고 시작할 것이다. 엉뚱한 여백에 자기 공간을 빼앗긴 생각들이 등과 배를 맞대고 부대껴도 나에겐 손쓸 방도가 없다. 오랜 시간 비슷한 문제에 부딪히며 깨닫게 된 것은 이것이 제대로 생각할 줄 몰라서 겪는 문제라는 것이다. 어떤 사안을 앞에 두고 나는 집요하게 알려고 해본 적이 없다. 사건의 뉘앙스만 파악하면 족하다고 여겼다. 그러다보니 분명 안다고 생각했던 문제 앞에서도 내 머릿속은 삼분의 일쯤 쓸모를 잃은 백지가 되곤 한다. 눈앞에 놓인 일을 무슨 기준으로 분석하고 어떤 방식으로 풀어갈 수 있을지 구체적인 예를 떠올리기가 어렵다. 시간이 지날수록 내 감정조차 나로부터 멀어진다. 내가 나를 책임지지 못한 죄책감이 마음을 누른다.

정기적으로 선릉역에 있는 치과에 치료를 받으러 다니고 있다. 집 근처 치과에서 어금니 뿌리에 염증이 심하니 당장 임플란트를 하지 않으면 큰 수술로 번질 거라고 겁을 주었다. 몇 달 전에 검진을 받을 땐 아무 이상이 없던 치아였다. 아무리 겁이 나도 이 하나에 삼백만 원을 덜컥 쓰면서 치료를 진행할 수는 없었다. 불안한 마음에 치과를 나서며 당장 사촌 언니에게 연락을 했다. 언니가 간호사로 일하는 선릉역의 한 치과에서 이십대 내내 치아 교정도 하고 치료도 받았는데, 언니도 의사 선생님도 차분하고 따뜻한 분들이라 큰 치료를 하더라도 그곳이 편할 것 같았다. 파주에서 선릉까진 대중교통으로 두 시간 반이 걸린다. 왕복 다섯 시간에 치료 시간을 더하면 치과 가는 날은 하루를 통으로 비워야 한다. 하지만 갈 때는 버스에서 지하철로, 올 때는 지하철에서 버스로 환승 한 번이면 되는 단순한 경로가 마음에 들었다. 가벼운 책 한 권씩을 해치울

수 있겠다는 생각에 좋았고, 시간 여유가 있을 때는 합
정역 대형 서점에 들를 수도 있으니 신이 났다.

십여 년 만에 들어선 치과엔, 십 년 전의 내가 종이
로 만든 천사가 그대로 붙어 있었다. 의사 선생님과 병
원 안의 모든 집기가, 예전 그대로의 공간 속에서 예전
과 똑같은 위치를 차지한 채 시간의 무게만을 조용히
견뎌온 듯 보였다. 요즘은 뭘 하며 지내, 글 쓰니? 같이
다니던 수정이 뭐 하고 살아? 아직 요가를 하나? 질문
하는 선생님도 나를 통해 시간을 뛰어넘는 고리 같은
것을 잠시 붙잡아보는 건 아닐까. 당장 임플란트 시술
이 필요하다고 했던 자리는 반년에 한 번씩 점검하기
로 했다. 이후로는 스케일링, 가벼운 충치 치료를 하려
고 종종 선릉을 찾았다.

월요일 오전까지 넘겨야 할 교정 원고가 있어서 주
말 새벽엔 잠을 거의 못 잤다. 송고 후에는 밤부터 새
벽까지 구토가 이어졌다. 사흘 동안 약을 먹고 잠만 자
다가 금요일에 겨우 증세가 가라앉아 치과에 갈 수 있
었다. 집을 나서기 전에 커피도 진하게 마셨지만 버스
에서 지하철에서 내내 졸았다. 언제나 조용한 치과는

그날따라 대기하는 사람도 없어서 더 조용했다. 라디오에선 영화음악이 잔잔하게 흘러나오고 손의 움직임이 거의 느껴지지 않는 충치 치료가 이십 분쯤 이어졌다. "눈뜨자!" 살짝 힘주어 말하는 의사 선생님의 목소리에 눈이 번쩍 뜨였다. 깜짝 놀랐고 슬펐다. 상황이 민망하기보다 속상해 죽을 것 같았다. 내가 이 관계를 아름답게 만들었던 모든 요소를 배신했다는 엉뚱한 생각이 찾아온 것이다. 졸아서 부끄럽고 죄송하다며 인사하고 나왔으면 괜찮았을 일인데 한마디를 못했다. 멀고먼 귀갓길을 걱정하는 친척 언니의 인사에도 멍한 정신으로 어수선한 대답만 늘어놓다 병원을 나왔다. 자괴감이 밀려왔다. 오랫동안 나를 알며 정성을 다해준 분들의 성의를 무시했다는 생각, 무례를 범해도 이해받을 나이는 한참 지났다는 생각이 가슴을 조여왔다. 사흘 넘게 뇌가 지끈거리다가 일주일쯤 지나니 조금 담담해지기 시작했다. 남의 일이었다면, 그럴 수도 있지, 하고 웃으며 넘겼을 텐데. 이깟 일로 괴로워하지 말라고, 이럴 일이 아니라고, 생각이 마음에 닿을 때까지 생각하고 또 생각했다. 모든 걸 망치는 작은 사건이란 너무나도 드물다는 사실을 나에게 설득시키기가 왜이리 어려울까.

어느 날은 차가운 물에 접시를 담그다가, 어느 날은 변기 속으로 네모난 세정제를 밀어넣다가, 거실로 들이치는 햇살이 바닥에 물걸레 지나간 자리를 드러내는 걸 쳐다보다가, 목구멍 안쪽에 붙여두었던 슬픔이 쇠구슬 같은 무게를 얻어 가슴으로 떨어지는 걸 느낀다. 한동안 무엇도 즐겁지 않고 슬프지 않고 궁금하지 않겠구나 생각한다.

이곳 책향기로는 문발동의 일부다. 문학에 힘써 이름을 떨치자는 뜻의 글월 문(文)에 필 발(發)이다. 나는 이름을 떨칠 생각은 없지만 괴로운 마음을 떨칠 힘은 간절히 필요하다. 어린 시절 아빠는 책 사주는 일이라면 집의 기둥뿌리도 뽑아들 기세였지만, 내가 가정경제가 흔들릴 정도로 열중한 독서가였던 적은 한순간도 없었다. 혼자였고 가난했으며 고되게 일하며 젊은 날을 보냈다는 아빠, 아빠의 방과 마음에 불을 밝힌 건 책뿐이었다고 한다. 힘들이지 않아도 불 밝힌 듯 인생이, 머릿속이 환한 사람도 세상엔 있을 것이다. 나는 아니므로 아빠의 가르침에 기댈 수밖에. 집 가까이, 걸을 만한 거리에 출판도시가 있고 꿀단지 숨겨놓은 듯

들락거리는 교하도서관이 있다. 출판도시로 출근을 할 것도 아니고 도서관에 자주 간다고 그저 지식이 쌓일 리도 없지만, 책이 만들어지는 출판도시와 책들이 모여 있는 도서관은 내게 힘이 된다. 마음속 쇠구슬이 비처럼 내릴 때, 놀란 마음이 난데없는 슬픔을 불러올 때, 사랑이 간절할 때, 내가 나를 일으켜야 하는 순간에 책을 읽는다. 적어도 책에 빠져 있는 동안 내가 내 감정을 모른 적은 단 한 번도 없었다.

아빠 같은 어른은 힘들 것 같아
문발공원

현재란 과거의 여러 사건이 돌처럼 쌓여 만들어진 탑의 꼭대기 같은 것일까? 그렇다면 지금 여기에 잘 세워진 나의 돌탑은 몇 개의 밑돌이 빠져야 비로소 흔들리거나 무너져, 다른 탑이 될 가능성을 얻게 될까? 열 번 넘게 던졌는데 도무지 공이 림 안으로 들어가질 않았다. 역시 운동은 자기 몸에 익은 걸 해야 꾸준히 하는 법이라며 값비싼 농구공부터 사둔 것인데, 이내 지쳐 벤치에 앉아 있다보니 잡생각만 들었다. 왕년에 농구 좀 했으니까 뭔가 보여주겠다며 아내를 공원까지 데려와놓고, 숨차고 손 시리고 공은 안 들어가니 그냥 집으로 돌아가고 싶은 마음뿐이었다. 11월 오전 열한 시 문발공원, 바닥을 구르는 농구공을 이리저리 쫓다 지쳐서 거친 숨을 몰아쉬는 사십대 중반의 모습이, 인생의 돌탑 꼭대기에 내가 가장 최근에 올려놓은 기억할 만한 돌멩이인 것이다.

　손에 교과서보다 농구공을 더 많이 들었던 학창 시절이 건강한 허파 하나 남겨주지 않았다니 억울하기도 하다. 시간이란 귀한 것이니 허비하지 말자는 말도, 인간의 수고가 선한 결말로 이어져야 마땅하다며 억지를 부리려는 것도 아니다. 습관처럼 그냥 했던 일들이 모여 얼마나 막무가내로 나를 여기까지 밀고 왔는지가 새삼 놀랍다. 선수가 되기에는 재능도 키도 안 되는 걸 중학교 졸업 즈음 이미 알고 있었다. 캐나다로 잠시 건너가 고등학교를 다니며 알게 된 건, 열여덟 살 나보다 농구를 훨씬 잘하는 열두 살 아이들이 널리고 널렸다는 것이다. 한국으로 돌아와서도 나는 교내 농구부를 기웃거렸고(입부 테스트조차 탈락했다!) 어느 날 침대에서 일어나니 키가 190 넘게 자라 있는 공상도 완전히 떨쳐내지 못했다. 청소년이 자기 재능이 닿지 않는 미래를 꿈꾸다 절망하는 일은 너무나도 흔하다. 하지만 나의 경우엔 진지한 고민과 성실한 노력은 거의 찾아보기 어려웠고, 그저 하던 걸 하면서도 운 좋게 무언가 이루어지리라는 허무맹랑한 낙관만이 존재했다.

나의 글쓰기도 농구 같은 것이 아닌지 불안하다. 가시적이지 않고 정량화될 수도 없는 노력과 경험에 관한 불안감을 떨치기가 쉽지 않다. 십오 년간 시집 네 권과 산문집 두 권이 나왔으니 손에 잡히는 게 아예 없다고 말하기는 어려울 것이다. 하지만 누구나, 얼마든지 책을 낼 수 있는 시대에 여섯 권의 책으로 무엇을 증명할까? 강단에 오르거나 인터뷰어와 마주앉아 책에 관한 이야기를 해야 할 때, 강의 녹화나 라디오 음성을 통해 시에 관한 의견들이 고스란히 박제되는 순간에, 공적인 혹은 사적인 자리에서 다른 작가를 만나 인사를 나누며 문단과 연관된 잡다한 동향에 대해 아는 만큼 떠들어야 할 때마다 나는 스스로의 전문성에 관한 불안과 불신에 사로잡힌다. 그중에서 최고로 난감한 건 이처럼 자기 확신이 없는 가운데서도 어찌되었든 계속 뭔가를 써야 한다는 사실이다.

　다른 작가가 쓴 시와 산문에 감동하고 심지어 찬양하고픈 마음이 들면 나는 얼른 자문해보곤 한다. 글쓰기 자체가 실은 무엇도 아니라는 불안을 떨치려고 남의 글을 칭찬하는 것은 아니야? 대단한 성취가 어딘가에는 존재할 수 있다는 듯이 말이야. 다른 작가의 글을

비난하고 심지어 저주하고픈 마음이 들 때도 나는 자
문해본다. 너의 글쓰기가 보잘것없다는 진실을 덮으
려고 남을 깎아내리는 것은 아니야? 글이란 게 대단해
봤자 다 거기서 거기라는 듯이 말이야. 몇 번인가 가
장 반문학적인 상상을 해본 적도 있다. 나라에서 김상
혁이란 작가에게 점수를 매겨주었으면 좋겠다는, 무슨
공인자격증 같은 걸 우리집으로 하나 보내주는 것도
나쁘지 않겠다는 극단적인 생각들.

　며칠 전이었다. 아내가 아이를 재우는데 둘 있는 옆
방에서 목소리가 새어나왔다. 문채가 어른 되는 일이
무섭고 싫다고 말하는 모양이었다. 문채, 사실은 아빠
좋지? 응, 멋지고 착하다고 생각해(나랑 놀 때는 아빠가
제일 싫다고 말한다). 그럼 너도 아빠 같은 어른 되면 되
겠네? 아니야, 아빠 같은 어른은 힘들 것 같아. 아빠는
너무 멋지고 너무 착하거든. 나한테 너무 잘해주거든.
몇 달 전이었다. 내가 시간강사로 나가는 대학교 축제
에 아이를 데리고 간 일이 있다. 경기도 파주에서 서울
시 광진구까지의 주말 도로 정체 탓에 짜증을 내던 아
이였다. 그런데 축제가 한창인 운동장을 가로질러가던
중, 문예창작학과 부스에 앉아 있던 수강생 열 분 정도

가 날 알아보고 자리에서 일어나 교수님! 하며 꾸벅 인
사를 해주었다. 그러자 아이가 (안 어울리게) 자기 얼굴
을 붉히며 내 귀에 속삭였다. 왜 저 사람들이 아빠한테
인사를 해? 아빠가 높은 사람이야? 그 얘기에 내 얼굴
은 더 빨개졌다. 시간강사 개념을 어찌 설명할지 몰라
서였기도 했지만, 아빠가 인사받는 모습에 화색이 돌
만큼 기뻐하는 아이를 쳐다보면서 나 또한 잠시나마,
내가 정말 교수라면 좋겠다는 생각을 했다. 높은 사람
아니야, 그런 거 아니야, 아이한테 속삭이면서도 그런
천박한 마음이 들었다.

아이가 보는 대로 멋지고 착한 사람이 되기엔 인생
의 돌들을 지나치게 오래, 잘못 쌓아온 느낌, 하지만
조금이라도 더 높고 곧은 탑을 만들려는 시도를 그만
두는 건 아이에 대한 배신이라는 느낌, 그런데 하긴,
내가 시도를 하거나 말거나 어차피 아무것도 돌이킬
수 없다는 느낌, 그렇게 돌이킬 수 없는 길을 걸으면서
도 충분히 노력한 것도, 고민한 것도 아니란 느낌의 총
합 속에서 나는 어쩔 줄 모르고 있다. 지금, 여기, 분명
히 느낌은 오는데, 아무리 던져도 공이 안 들어간다며
농구대나 올려다보며 억울해하고 있다.

에필로그

나는 아름다운 파주를 주장했던 것이다

풍수지리 관련해 최근에 책을 쓴 저자로부터 한국에서 가장 기운 좋은 두 곳이 파주와 강화도라는 얘기를 들었다. 지세와 산세가 좋은 곳, 그래서 길한 기운이 넘치고 흉한 기세는 들지 않아 사람 살기 마땅한 곳이라는 의미일 텐데, 길흉화복을 결정하는 땅 같은 게 따로 있을까 싶지만 파주에 관한 이야기라서 거듭 곱씹어보지 않을 수가 없다. 나에게 풍수지리란 혈액형별 성격 진단과 같은 주술적 편향과, MBTI처럼 제 성격을 자기가 설명해놓고 용하다며 손뼉 치는 기계적 자기 예언 사이에 존재하는 어떤 것이다. 즉, 모든 논리를 초월하는 신비주의(너는 AB형이니까 복잡한 인간이 틀림없군! 같은 것이다)가 왼편 끝에 있고, 애초 논리적 틈이 존재할 수 없는 동어반복(나는 외향적인 사람이라서 외향적이지! 같은 것이다)이 오른편 끝에 놓여 있다. 풍수지리는 그 중간 어디쯤에 있으며 우리는 흔히 이런 것들을 '주장'이라 일컫는다.

예전 살던 풍뎅이길 주택에 연락을 넣었다. 늦게 받으면 안 되는 택배 하나가 그곳 주소로 잘못 배달된 탓에 미리 전화로 집주인의 양해를 구하고 밤늦게 현관문을 두드렸다. 오늘 잘못 간 택배에 더해 몇 개월간 모인 우편물이 한아름이었다. 스스로 놀랐던 건 내가 집주인과 안부를 나누는 내내 집 안쪽을 힐끔거렸다는 점이다. 구조상 예전 집은 현관 바깥에 서서는 내부가 거의 보이지 않는다. 중정으로 열리는 작은 창과 하얀 벽 말고는 아무것도 볼 수 없는 상황에서 나는 벽에 걸린 액자와 창틀에 놓인 화병에서 눈을 떼지 못했다. 아내는 풍뎅이길 집에 대하여, 다시 돌아가고 싶은 생각은 없지만 그 동네에다 우리가 지은 집을 내버려두고 온 것만 같아 마음이 안 좋다고 했다. 어쩌다 그런 감상에 빠진 것이냐며 가볍게 핀잔주었던 사람이 나다. 그런데 이건 무슨 꼴인지.

차 트렁크에 택배와 우편물을 넣고 시동을 걸려다가 운전석을 빠져나왔다. 낭만적인 회상의 시간을 늘

려보자는 게 아니었다. 집 주변을 한번 더 살펴보면서 이런 식으로 감정적일 필요가 없음을 자신에게 납득시키고 싶었다. 파주 에세이 초고의 9할 이상을 여기 풍뎅이길에 살면서 썼다. 그중에는 아무도 동의하지 못할 만큼 내 감정에 도취된 부분도 있을 테고 누구나 아는 얘기를 가치 있는 발견인 양 적어둔 것도 있을 것이다. 파주의 무엇이 그토록 매혹적이었을까? 유독 청량한 대기, 빼어난 경관 그리고 눈에 띄게 여유롭고 선량한 이웃들…… 같은 것은 실재하지 않는다. 흡사 좋은 시집을 골라 읽을 때처럼, 돌아보면 나는 아름다운 파주를 주장했던 것이다. 다시 보는 대문 앞 정연묘는 평범했다. 다시 보는 그 집의 중정 불빛과 통창 너머 거실은 평범했다. 다시 바라보는 주차장, 내가 집을 설계하는 과정에서 진정으로 공들였던 그 반듯한 주차장도 평범했다. 주변에 새로 깔린 아스팔트 바닥, 어둑한 침묵으로 일관하는 밤하늘, 한때 헤엄출판사가 있던 붉은색 고운 벽돌 건물은 평범했다. 하지만 이곳에서 언제든 다시 살게 된다면, 여긴 좋은 동네가 분명하다고 주장할 수 있을 만큼은 평범하게 아름다웠다.

앞으로는 같은 파주라도, 우리 가족이 새로 이사 간

교하가 파주의 다른 곳보다 더 아름답다고 나는 주장하게 될 것이다. 시간이 흐를수록 생각은 잘 정리되겠지. 다만, 예전 집에 살 때 눈 오는 풍경을 바라보면서, 풍수지리 완벽한 풍뎅이길에서 잔디와 함께 늙어갈 것임을 믿어 의심치 않았던, 그때의 내가 주장하던 아름다움에 대해 이제 와 반대할 마음은 전혀 들지 않는다.

김상혁

방방곡꼭 02 파주

파주가 아니었다면 하지 못했을 말들

ⓒ 김상혁·김잔디 2024

초판 1쇄 인쇄 2024년 9월 2일
초판 1쇄 발행 2024년 9월 15일

지은이 김상혁·김잔디
펴낸이 김민정
책임편집 유성원
편집 김동휘 권현승
디자인 퍼머넌트 잉크
저작권 박지영 형소진 최은진 오서영
마케팅 정민호 박치우 한민아 이민경 박진희
　　　　정유선 황승현
브랜딩 함유지 함근아 고보미 박민재 김희숙
　　　　이송이 박다솔 조다현 정승민 배진성
제작 강신은 김동욱 이순호
제작처 천광인쇄사

펴낸곳 (주)난다
출판등록 2016년 8월 25일
제406-2016-000108호
주소 10881 경기도 파주시 회동길 210
전자우편 nandatoogo@gmail.com
페이스북 @nandaisart
인스타그램 @nandaisart
문의전화 031-955-8865(편집)
　　　　　031-955-2689(마케팅)
　　　　　031-955-8855(팩스)

ISBN 979-11-94171-11-9 03810

ㄴㄴ〉〈ㄷㄴ